野いちご文庫

婚約破棄されたらクールな御曹司の予想外な溺愛がはじまりました

朧月あき

JN031796

STARTS
スターツ出版株式会社

目次

プロローグ……4
一章　フラれたら偽装彼氏ができました……7
二章　今の彼氏は俺だろ？……45
三章　実はハイスペでした……89
四章　まさかの契約期間延長です……115
五章　あなたが笑ってくれるなら……145
六章　とっくに恋でした……183
七章　今さらよりを戻したいとか言われても……213
番外編
クールな彼が私の前では猫化する……264
ずっとずっと好きだった……277
あとがき……282

プロローグ

「待たせてごめん」

聖ミゲリオ高等学園、三年生恒例の特殊なイベント、ダンスパーティー。

カップルだらけの会場で、ひとり冷たい視線を浴びていた私は、目の前に立つ彼を見上げて口をポカンと開けた。

一八五センチのモデル級の完璧なスタイル。アイドル顔負けの、きれいすぎる顔。

しかも、世界規模で有名な企業の御曹司。

怖いくらいに完璧すぎて、ついたあだ名は〝ミゲリオの帝王〟とかなんとか。

人違いじゃないですか？と言おうとしたとき、周りの女子たちが絶叫した。

「院瀬《いせ》くん!!　なんでそんな女に声かけてるの⁉」

「院瀬くんが声をかけていいような女じゃないから!!　今すぐ離れて!!」

元彼の柊矢《しゅうや》も、新しい彼女の莉々《りり》の隣で、睨《にら》むようにこちらを見ている。

相変わらず、ひどい言われよう。

心の中で苦笑いしていると、彼が急に殺気立った。

「自分の彼女に声をかけて何が悪い？」

「かのじょ……？」

唖然《あぜん》とする女子たち。私も同じく唖然としていた。

今、彼女って言った……？

彼がまた私の方を見た。

人を睨んでたあの殺気はどこへいったのか、私を見る目は穏やかだ。

「栞《しおり》……すごくかわいい」

彼が鼻先を掻きながら、顔を赤くしてつぶやく。

私はハッと目を見開いた。それはまさしく、あの人のクセそのもので。

「え？　もしかして……」

すると彼が、琥珀色《こはくいろ》の瞳に私を映してうっすらと微笑んだ。

絶世の美顔を輝かせ、それはそれは、怖いくらいかっこよく——。

一章　フラれたら偽装彼氏ができました

「栞、俺たち別れよう」

九月の定例会議が始まる前の、生徒会室。

彼氏で生徒会長の柊矢が、私に言った。

赤茶色の前髪の下で、いつもは穏やかな目が、冷ややかに私を見ている。

白のワイシャツに紺チェックのズボンとスカート。室内には、制服姿の生徒会メンバーが勢ぞろいしていた。

私を見るみんなの視線もそろって冷ややかだ。

柊矢の後ろには新メンバーの莉々がいて、仔猫みたいに震えている。蜂蜜色の肩までのボブに、大きな目、天使みたいにかわいい顔。

柊矢が、私から莉々を守るように一歩前に出た。

「俺と莉々が仲いいのに嫉妬して、裏でいじめてたんだろ？　突き飛ばしたり、無視したり、『莉々が男と遊んでる』って嘘の噂を流したり。体の弱い莉々にそんなことするなんて最低だ」

私は呆然とするしかなかった。

だって、ぜんぶまったく覚えのないことだから。

「栞みたいな子とは、もう付き合えない。副会長も、莉々に引き継いでもらうから」

とどめを刺され、完全に追い込まれる。

逃げ場なんて、もうどこにもなかった。

生徒会のこと、あんなに頑張ったのに、こんなにあっさり捨てられるなんて。

だけど本当は、少し前から予感してたんだ。

副生徒会長の引継ぎ資料も、作成済みだったりする。実際こうなると、思ったよりきついけど……。

柊矢の背中に隠れている莉々が、クスッと笑うのが見えた。誰にも分からないように、ひっそりと、したたかに。

それでも私は、拳を握りしめて、この状況に耐えるしかなかった。

地味で話すのが苦手でいまだに生徒会になじめていない私と、かわいくて人懐っこくて生徒会に入ったとたんみんなに愛されてる莉々。

みんながどっちの言うことを信じるかなんて、分かり切ってるから。

生徒会メンバーだけじゃない。たぶん、この学校の生徒ほとんどが莉々の味方だ。

山那《やまな》栞、十七歳、高校三年生。

背中まで伸びた黒髪をいつも地味なかんじにひとつに結び、小一のときから眼鏡をかけている。身長は女子にしては高い一六八センチ。

人見知りが激しくて、高身長なのに運動音痴、趣味は子供の頃からずっと読書。

おまけにお金持ちが多いこの高校で、数少ない庶民《しょみん》。

そんなふうに見かけも中身も冴《さ》えない私に、入学して早々、あり得ないことが起きた。かっこいいと騒がれていた同級生の佐渡《さわたり》柊矢に告白されたのだ。

『ひと目惚れしたんだ。俺と付き合ってほしい』

柊矢は爽《さわ》やかに笑いながらそう言ったけど、とうてい信じられなかった。キラキラしてる柊矢と地味な私じゃ、絶対に不釣り合いだから。

柊矢はそれでもグイグイきて、高一の夏休み前、思い切って付き合うことにした。

その頃には私も、柊矢のことを好きになってたから。

冴えない私を、柊矢だけが認めてくれた。『好きだよ』って何度も言ってくれた。

しかも、『将来結婚しよう』って指輪まで贈ってくれた。

それがうれしくて、私も精いっぱい柊矢に尽くすことを決めたんだ。

だから高三に進級し、柊矢が生徒会長になると、私も副生徒会長になった。

資料作成や整理、企画の立案。目立つのは苦手だから、裏で柊矢を全力でサポートして。睡眠時間を削ってまで生徒会の仕事をするときもあった。

仲良しの恵麻《えま》と紬《つむぎ》とも遊べなくなったけど、我慢に我慢を重ねて頑張った。

だけど一個下の莉々が生徒会に入ってから、ぜんぶが変わったんだ。

莉々は前年度の校内ミスコンで優勝したくらいかわいい。

一五三センチの小柄な体に、蜂蜜色のふわふわボブ。声は砂糖たっぷりのお菓子みたいに甘くて、笑うと天使みたいってみんなが言ってる。誰もが構わずにいられない、特別な女の子。

地味で冴えない私とは真逆の莉々に、柊矢だけじゃなくて、生徒会のメンバー全員がすぐに夢中になった。

邪魔者扱いされ、どんどん居場所をなくしていく私。

そして今日、私はついに柊矢にフラれ、生徒会を追い出されたというわけだ。

「……分かった。じゃあ、もう帰るね」

針のむしろ状態の私は、そう答えるしかなかった。言いたいことはたくさんあるけど、もうどうでもいい。とにかく、今すぐに逃げ出したかった。

うつむき、バッグを手に取る。生徒会室を出ようとすると、「あ、そうだ」と柊矢が思い出したように言った。

「婚約も、もちろん破棄だから。ダンスパーティーも一緒に行けない」

吐き捨てるような言い方。

私は黙ってうなずいた。そんなこと、言われなくたって分かってる。

すると、莉々が突然わっと泣き出した。

「それは、さすがに山那先輩がかわいそうです！　今からじゃ、パートナーが見つからないかもしれませんし……！」

え、なんで莉々が泣くの？　泣きたいのは私の方なのに。

「栞にひどいことをされたのに、莉々は優しいな。でも、これは栞の自業自得だ。同情なんてする必要ないよ」

うるうると目をうるませている莉々に、柊矢が優しく言い聞かせている。

「でも……ゴホッ、ゴホッ！」

「莉々、大丈夫か？」

急に咳き込み出した莉々の背中を、柊矢が慌ててさすっていた。

「体が弱いんだから、無理しちゃダメだ。琹のことはもう放っておこう」

「でもそういうわけには……ゴホッ！」

「ほら、頼むから安静にして。莉々が苦しむ姿は見たくないんだ」

仲のいいふたりを、ほかの生徒会メンバーが、あたたかい目で見ている。

「かわいいし優しいし、莉々ちゃん本当にいい子だな」

「佐渡先輩と本木《もとき》さん、やっぱりお似合いね。ダンスパーティーでドレスアップした姿を見るの、楽しみだわ」

これ以上は聞いてられなくて、私は廊下に飛び出した。

もちろん、誰ひとりとして私を引き留めたりなんかしない。

「ねえ、ダンスパーティーのドレス決まった？　まだなら今度一緒に見に行こうよ」

廊下で話している女子の声がした。学校中が今、九月末にあるダンスパーティーの話で持ち切りだった。

外国のプロムを真似したダンスパーティーは、お金持ちの多いここ聖ミゲリオ高等学園ならではの一大イベントだ。

目的は一流の社交術を学ぶことで、参加者は三年全員。男女ペアで行って、社交ダンスを踊ったり、交流を深めたりする。

ダンスパーティーをきっかけに付き合うカップルが続出で、これを目当てに入学してくる子もいるみたい。

この時期には、みんなとっくにパートナーが決まっていた。

「院瀬くんは誰をパートナーにしたんだろ？　決まったって聞かないね」

「いろんな女子が誘ったけど、三十人近くフラれたみたいよ」

「ええっ、三十人ってエグくない？」

盛り上がっている生徒たちの横を、うつむきながら通りすぎる。

どうしてみんな、こんなに楽しそうなんだろう。

どうして私だけ、こんなにみじめなんだろう。

傷ついた心が、さらにズタズタになっていく。

——早く早く、あの場所に行きたい。

学校を出て、歩くこと二十分。

たどり着いたのは、知る人ぞ知る本屋さんだった。

年季の入った煉瓦《れんが》造りの洋館。店の前には【BOOKS】とだけ書かれたシンプルな看板が掲げられている。古本も新しい本も取り扱っている、珍しいタイプの本屋さんだ。

ステンドグラスのはめ込まれた扉を、ギイッと音を立てて開けた。

アンティーク調の本棚や家具が揃った店内に入ると、外国の家に迷い込んだみたいな気分になる。

この本屋さんを初めて見つけたときは驚いた。まるで誰かが私の頭の中をのぞいたみたいに、好みドンピシャの本ばかりが並んでいたからだ。

それ以来、学校帰りに毎日のように通う、私の癒しの場所になっている。

「いらっしゃいませ」

黒髪で瓶底《びんぞこ》眼鏡の店員さんが、いつものように、カウンターの向こうから声をかけてきた。隠れ家的な本屋の店員さんっぽくない、若い男の人だ。

「こんにちは」

店員さんに軽く頭を下げて、カウンターの前を通り過ぎる。大好きな本の匂いに包まれたとたん、ホッとして全身の力が抜けた。

急に泣きそうになる。今まで、ずっと我慢できてたのに……。

涙がこぼれないように、唇をぎゅっと結んで耐えていると。

「お客さん」

黒いエプロン姿の店員さんが、いつの間にかすぐ後ろにいた。

一六八センチの私でも見上げるほど背が高い。この店員さん、いつも座ってるから気づかなかったけど、こんなに背が高かったんだ。

「こちら、どうぞ」

店員さんが、分厚い本を渡してきた。

「お客さんが読みたいとおっしゃっていた本が、見つかりましたので」

「え？【名探偵ピコ】の特別巻……？」

緑色の表紙を目にしたとたん、みるみる目が覚める。

「絶版本なのに、どうやって手に入れたんですか⁉」

「うちの本屋に手に入れられない本はございません」

店員さんが、どこか誇らしげに言った。

【名探偵ピコ】は、五十年くらい前に出版されたシリーズ本で、小学生のとき学校の図書館で見つけて以来愛読している。みんなにバカにされているピコという女の子が、喋る黒猫とペアになって、日常のささいな事件を解決していくという物語だった。

本編終了後に発売されたこの特別巻は、入手困難で、どこの本屋さんにも図書館にも置いてなかったのに……！

フラれてみじめで悲しかったけど、欲しくて仕方がなかった本が手に入った今は、少しだけ元気が出た。

宝物のような本を、ぎゅっと胸に抱きしめる。

「見つけてくれて、ありがとうございます！　おいくらですか？」

すると店員さんが、自分の鼻先を掻きながら「あー」と悩むようになった。

「お代はいいですよ」

「えっ、タダってことですか？」

「はい、古本ですし」

「古本⁉　でも、絶版本ですよね？」

こういうのって、プレミアがつくから、普通は新刊以上に高いんじゃないの？

「古本には変わりないですから、お気になさらず」

「でも……やっぱりタダでいただくわけにはいきません」

お金に関わることはちゃんとした方がいいと、亡くなったおじいちゃんが言っていた。それにこの本屋さん、私以外のお客さんを見たことないし、経営がうまくいってるとは思えない。無理させてつぶれちゃったら大変だ。

すると、店員さんの声の雰囲気が、なんだか少し変わった。

「そうですか。でしたら、お金をいただく代わりに、何があったか俺に話してくれませんか？」

突然のことに、ドクンと心臓が跳ねる。

まさかそんな交換条件を出されるなんて、思ってもいなかった。

「何があったかって……どうしてそんなこと聞くんですか？」

「お客さんが、いつもより元気がないように見えましたので」

分厚い眼鏡のレンズの向こうから、強い視線を感じる。

元気がないとか、そんなこと分かるんだ……。

そういえば、私がこの本屋さんに通うようになって、一年半くらいになる。

──『いらっしゃいませ』『こんにちは』

──『この本読みたいんですけど、探してもらえますか？』『いいですよ』

店員さんとはそんな短いやり取りしかしたことがなかったけど、ほぼ毎日会ってるから、ちょっとした変化に気づいたのかな？

なんかちょっと、うれしい。

気づけば私は、目からポロポロ涙をこぼして泣いていた。

あっという間に、涙で顔がぐしゃぐしゃになってしまう。

「……さっき、付き合ってた人にフラれたんです」

そう言うと、なぜか店員さんが息を呑むような気配がした。

赤の他人の彼にこんなこと打ち明けるのはおかしいって、頭の中では分かってる。

でも、店員さんが優しいことを言うから。大好きな本の匂いに、すごく安心したから。心の防波堤《ぼうはてい》が崩れて、あふれた思いが止まらない。

「あと、今からじゃパートナーも見つからなさそうで……」

「パートナー」

店員さんがつぶやいた。

「あ……うちの学校では、毎年九月末にダンスパーティーがあるんです。出席するにはパートナーが必要で、彼氏と行けなくなったから、別のパートナーを見つけないといけなくて……」

ダンスパーティーは、聖ミゲリオ高等学園の大事な行事だ。欠席すると評価が下がり、大学受験にも響く。それにドレスももう買ってもらったから、行かないという選択肢はなかった。

――『栞ちゃんのドレス姿、楽しみだわ』

ドレスを買いに行ったときの透《とう》子《こ》さんの笑顔を思い出して、胸がズキンとする。

店員さんは私をじっと見つめたまま、何かを考え込んでいた。そこで私は、ハッと我に返る。

急にダンスパーティーのパートナーとか言われても、意味が分からないよね？

「……ごめんなさい。いきなりこんなこと話されても、困りますよね」

「いえ」

店員さんが、スッとハンカチを差し出してきた。

涙を拭いて、という意味なのだろう。

「あ、ありがとうございます……」

店員さんの優しさに胸を打たれながら、ハンカチを受け取った。

すごく肌触りがいい、高級そうなハンカチだ。本屋の店員さんにぴったりの、本の刺繍《ししゅう》が散りばめられたデザインがかわいい。どこで買ったんだろ？

ハンカチで涙を拭く私を、店員さんはしばらくの間黙って見ていた。

「――俺ではダメですか？」

「え？」

「ダンスパーティーのパートナーとやらは」

とんでもない提案をされてぎょっとする。冗談かと思ったけど、店員さんの瓶底眼鏡は怖いくらいまっすぐ私に向けられていて、彼の本気が伝わってきた。

きっとこの人は、ものすごくいい人なんだ。フラれてみじめに泣いている私を、どうにかして助けようとしてくれている。

でも、さすがにそんなこと頼めないよ。どうにか断らなきゃ。

「ごめんなさい。生徒以外の人は、パートナーにでさないんです」

「どうしても不可能なんでしょうか？」

「ええと……たしか、付き合ってるなら特別許されると聞いたことはありますけど」

これならきっと、あきらめてくれるよね。だって無理がある話だもん。

そう考えていると。

「なるほど。それなら、とりあえず彼氏ってことにしときますか」

サラリとそんなことを言われ、目が点になった。

「……へ⁉」

それってつまり、ただのお客さんでしかない私のために、偽装《ぎそう》彼氏になってくれるってこと？　いやいや、あり得ない！

慌てて両手をブンブン振った。

「それはさすがに悪いです！」

「遠慮しなくていいんですよ」

「遠慮とかそういうことじゃなくて……！」

「パートナーがいないと、困るんですよね？　そして、今からじゃ見つからないんでしょう?」

諭《さと》すような口調で言われ、私は「うっ」と返答に詰まった。

今さら気づいたけど、この人、ものすごい〝イケボ〟だ。ほどよい重低音の声に、なんだかゾクゾクさせられる。

って、そんなことを考えてる場合じゃなくて!

「でも、私たちはほぼ他人ですし」

「広い世界でこうして出会えただけで、奇跡的な縁だと思います」

「お互いのことまったく知りませんし」

「これから知っていけばいいじゃないですか」

穏やかな口調なのに、圧がすごい。

押し問答を繰り広げること十分。店員さんはなかなか折れてくれなかった。

そのうちまたドレスを買いに行ったときの透子さんの笑顔を思い出して、だんだん気持ちが流されていく。気づけば私は、店員さんの押しに負けて頭を下げていた。

「じゃあ、よろしくお願いします……」

「はい、こちらこそ」

店員さんが、ニコッと微笑んだ。

瓶底眼鏡には似合わない、妙に色っぽい笑い方。

「俺の名前、青志《あおし》って言います」

「青志……さん？」

「はい」

なんか、どこかで聞いたことがあるような。……どこでだっけ？

「あ、私の名前は栞って言います」

「そうですか」

青志さんが、口もとに笑みを浮かべたまま私を見つめている。

「それと、このかわいいハンカチ、ありがとうございました。洗って返しますね」

「気に入りましたか？　なら差し上げます」

「えっ？　それはさすがに悪いですっ」

「遠慮しないでいいですから。今日の記念ということで、もらってください」

結局押しつけられるようにして、私はハンカチをもらうことになった。

絶版本をタダでくれて、ダンスパートナーのための偽装彼氏になってくれて、おまけにハンカチまでくれるなんて。

この本屋さん、サービス良すぎでは……？

＊＊青志＊＊

築百年の洋館の玄関扉が開く。薄茶色の髪をした塩顔の男が店内に入ってきた。

身長一八〇センチ、いつもの黒スーツに身を包んでいる。

「沢田《さわだ》、栞は無事に家に帰ったか？」

カウンターでパソコンをタイプしていた俺は、顔を上げた。

「はい、問題ございません」

「お前が後を追っても、気づかれなかったか？」

「おそらく、ぬかりはないかと」

栞が店から帰るときは、いつも沢田にこっそり見守りさせている。ひとりで夜道を歩かせるのは心配だからだ。

だけど、次からは俺が送ろう。

──俺は今日、栞の彼氏になったんだから。

「念願叶ってよかったですね、青志様」

しみじみしていると、沢田が俺の心を読んだかのように言った。

十年以上の付き合いだから、俺のことならなんでもお見通しらしい。

「ああ、そうだな」

俺は素直に微笑んだ。

今はまだ、偽りの関係ということになっているけど、いずれもみ消せばいい。

やっと栞を手に入れたんだ。もう手放すつもりはない。

「好きな女子のために本屋経営を始める高校生なんて、前代未聞ですよ」

「そうか?」

「おまけに、ネット販売の業績は上々ですし。さすがは院瀬会長のお孫さんです。

生まれ持っての経営の才能がおありなのですね」

いつも無感情な男だが、珍しく声が弾んでいる。

祖父について語るとき、沢田はいつもこうだ。

孤児《こじ》だった沢田を引き取ったのは祖父だった。沢田はそんな祖父に忠誠を誓い、神のように崇《あが》めている。十歳年下の俺の専属執事になれという祖父の命令にも、こうして忠実に従うほどに。

俺は分厚い眼鏡を外し、前髪を手で掻《か》き上げた。

窓ガラスに映る、冷たいまなざしをした自分と目が合う。

本屋にいるとき分厚い眼鏡をかけているのは、ミゲリオ学園の生徒に正体を知られたくないからだ。ＩＳＥグループの御曹司という厄介な肩書きのせいで、俺はいつも中身のない女たちに追いかけ回されてきた。

この本屋にまで押しかけられたら、自分でも何をするか分からない。

――ここは栞のためだけに作った、大切な場所だから。

栞と出会ったのは、高一の春過ぎだった。

入学早々、俺は中学時代と同じように、さっそく女たちに追いかけ回されていた。

校内を歩けばじろじろ見られ、呼び出されては一方的な想いを押しつけられる。

どこに行くにも誰かに監視されているようで、うんざりだった。

家に帰れば、大企業の跡取りとしての重圧がのしかかる。母親にはパーティーに連れ回され、父親には経営の勉強を山ほどさせられた。

逃げ場がなくて、心がつぶれてしまいそうだった。

だけどある日、最高の逃げ場を見つけたんだ。

学校近くにある、年季の入った小さな古本屋だった。

店主のじいさんがいつも暇そうに黒猫を撫でているその古本屋に、ミゲリオ学園の生徒はひとりも来なかった。

本は、俺にとってかけがえのない存在だ。

俺は子供の頃、何度も誘拐《ゆうかい》されかけた。家が大企業というのもあるが、俺の容姿には人を執着させる何かがあるらしい。親は俺を外に出したがらず、学校以外はひとりで部屋で過ごすことが多くなっていった。

そんな窮屈《きゅうくつ》な日々に安らぎをくれたのは、本だった。

本は、俺をあっという間に違う世界に連れて行ってくれる。本の中で俺はいろいろな場所を旅し、自分ではない誰かになって、泣いたり笑ったりした。

その古本屋は、俺の唯一の居場所になった。

だけど五月の中頃、唐突に彼女が現れたんだ。

見慣れたエンブレムのついたベージュのブレザーに、紺のリボン、紺チェックのスカート。古本屋では絶対に会いたくなかった、ミゲリオ学園の女子。

彼女が俺に気づいて噂が広まれば、女たちが古本屋に押しかけてくるだろう。俺の唯一の居場所がなくなってしまう、最悪だ。

だけどその子はいつも真剣に本を読んでいるだけで、俺には見向きもしなかった。

──【名探偵ピコ】

ある日俺は、その子が手にしている古本を見てドキリとした。俺の子供の頃からの愛読書だったからだ。

有名でもなんでもない、知る人ぞ知る児童文学。それをこんなにも熱心に、大事そうに読んでいる人間が、この世に俺以外にもいたなんて。

それから俺は、その子のことが気になるようになった。

きっちりとひとつに結んだ背中までの黒髪、眼鏡、学校規定の膝下スカート、真面目を絵に描いたような見た目。

その子が読んでいるのは、たいてい俺が好きな本だった。

微笑んだり、ときには涙を浮かべたりして。俺の好きな本を読む彼女から、だんだん目が離せなくなる。

そしていつからか、本ではなく俺を見てほしいと思うようになった。

だけどその子が興味を示すのは、本以外には、店主が可愛がっている赤い首輪をした黒猫ばかり。

『かわいいですね、猫ちゃん』

『ニャ〜』

『なんて名前なんですか？』

『ガブリエルじゃ』と答える店主のじいさん。

『えっ、【名探偵ピコ】に出てくる黒猫と同じ名前！』

『ニャ〜〜』

興味を示してもらえなくてガッカリするのは、生まれて初めての経験だった。

あるとき、黒猫ガブリエルが突然『ニャア！』と鳴いて店内を走り出した。ネズミを見つけたらしい。

『チュー！』

逃げるネズミ、追いかけるガブリエル。

『ニャゴオオ〜！』

猫の体がドンッと俺にぶつかり、驚いた俺は、本から手を離してしまった。

『危ない！』

すかさず反応したのは、彼女だった。スライディングの勢いで床に落ちかけた本をキャッチし、大事そうに抱きしめ、輝くような笑顔を俺に見せる。

『よかった！　無事でした！』

その瞬間、俺の頭の中は、彼女の笑顔でいっぱいになった。

世界に光が降り注ぎ、見えている景色が一八〇度変わっていく。

——これが、恋というものなのか？

本の中では何度も経験したけど、現実の世界では初めてだ。

それから俺は、沢田に彼女のことを調べさせた。

山那栞、十二月三十日生まれ。幼い頃に両親を亡くし、祖父に育てられる。祖父亡き後は知人の川合《かわい》家に預けられ、今に至っている。

さらに沢田は、衝撃的な報告をした。

『最近、同学年の生徒と付き合い始めたようです』

自分でも聞いたことがないような荒っぽい声が出た。

『佐渡柊矢、十六歳、五月十日生まれ。家業は酒造メーカーです』

天国から地獄へと、真っ逆さまに突き落とされたかのようだった。

胸が苦しくて痛くて……。

しばらくしてから、校内で並んで歩く栞と佐渡を見かけた。

佐渡にはにかむような笑顔を向ける栞を見て、衝撃を受ける。

栞の目には、ちゃんと佐渡が映っていた。俺のことは、一ミリも映さないのに。

悔しくて、虚しい。力ずくで奪ってやりたい。

だけど佐渡の隣にいるときの栞があまりにも幸せそうだったから、俺は醜《みにく》い感情を必死に押し殺すことにした。

好かれなくてもいい。その目に俺が映らなくてもいい。

俺は俺のやり方で、君を大切にするから。

高一の冬、じいさん店主が営む古本屋がつぶれた。

シャッターに〝閉業〟の紙が貼られた店の前で、今にも泣きそうになっている栞を目にしたとき、俺はひらめいた。

――栞のために、本屋を作ろう。

俺はさっそく学校近くの洋館を買い取り、本屋開業の準備を始めた。

父親に教え込まれた経営のノウハウを活かし、ネット販売が主流のシステムを作り上げる。栞専用の店舗に並べるのは、彼女が好きな本ばかりだ。

そして高二になってすぐ、栞のための本屋をオープンさせた。

本屋の存在を彼女にどう知らせるか悩んでいたとき、古本屋のじいさんが飼っていた黒猫のガブリエルに偶然出会った。優雅に散歩しているガブリエルを見たとき、猫の手を借りようと思いつく。

ガブリエルが賢い猫だということには、前から勘づいていたから。

『頼む。栞に、俺の本屋の場所を教えてやってほしい』

『ニャ〜ウ』

俺の言葉を理解しているかのように鳴くガブリエル。

『わかった。報酬には、高級猫缶をやろう。沢田に買ってこさせる』

『ナ〜♪』

そして栞は、ガブリエルに導かれ、俺の本屋にやってきた。

自分好みの本が揃った店内を見渡すなり、瞳を輝かせる栞。

俺は分厚いレンズの眼鏡をかけてカウンターに座り、その様子を見ていた。

うれしさのあまり俺が泣きそうになっていたなんて、栞は知る由《よし》もないだろう。

うだるように暑い夏の日も、肌寒さを感じるようになった秋の日も、雪のちらつく冬の日も、栞は本屋に来てくれた。

俺と栞は、少しずつ、顔見知りの店員と客という関柄になっていった。

それだけで満足だった。満足しないといけないと思っていた。それなのに。

——『……さっき、付き合ってた人にフラれたんです』

栞のあの言葉が、抑え込んでいた俺の気持ちに火をつけた。そしてあっという間に燃え上がり、歯止めが効かなくなって、気づけばあんな提案をしていたんだ。

——『なるほど。それなら、とりあえず彼氏ってことにしときますか』

「つまり、栞様と一緒にダンスパーティーにも出席されるということですね。お母様が喜ばれますよ。青志様が欠席予定だと知り、残念そうにされてましたので」

沢田が言う。

「母さんを喜ばせるつもりはなかったけど、結果的にはそうなってしまうな」

聖ミゲリオ高等学園創設以来の伝統行事、ダンスパーティー。男子はタキシード、女子はドレスを着てペアで参加し、社交ダンスを踊らないといけない。時代錯誤《さくご》のふざけたこのイベントに、俺はまったく乗り気じゃなかった。

普通にめんどくさい。入学したときから、参加する気なんかまったくなかった。だけど、栞となら話は別だ。

ミゲリオ学園の生徒以外がパートナーの場合は恋人でないといけないという、意味不明なルールが、まさか役に立つ日がくるとは。

俺は本当は部外者じゃないけど、栞との距離を縮める、いいきっかけになってくれた。偽りとはいえ、彼氏というポジションにつくことができたのだから。

「彼氏、か……」

ボソッとつぶやき、その言葉の意味を噛みしめる。

勝手にカアッと顔が赤くなり、俺は沢田にバレないように後ろを向いた。

聖ミゲリオ高等学園の忌《い》まわしき風習に、俺はその日、初めて心から感謝した。

＊＊＊

本屋さんからの帰り道、ずっと落ち着かない気分で、歩くのに時間がかかってしまった。

まさか瓶底眼鏡の店員さん——青志さんに、あんな提案をされるとは。

彼氏のフリまでしてもらって申し訳ないけど、ダンスパートナーができて、ありがたいのはたしかだ。

「栞ちゃん、お帰りなさい」

家に帰ると、今日も透子さんが笑顔で出迎えてくれた。

ダイニングテーブルには、栄養たっぷりのおいしそうなご飯が並んでいる。ローストビーフ、温野菜サラダ、海老のビスク、きのこと野菜のキッシュ。

透子さんは五十歳だけど、五歳は若く見える、茶髪ロングヘアのきれいな人だ。気さくで明るくて、そのうえ料理上手。

「栞ちゃん、お帰り。今日も生徒会のお仕事が忙しかったの？」

透子さんの娘の紅《べに》さんが、ご飯を食べながら言った。紅さんは二十四歳、デパートの高級コスメブランドショップで美容部員をしている。

透子さんをそのまま若くしたような見た目で、ゆるく巻いた黒髪ロングヘア、いつもいい匂いのする美人さんだ。

「……はい。そんなとこです」

みんなの前で彼氏にフラれて生徒会もクビになった、なんて言えない。

「ほんと大変ね、学校とはいえタダ働きなんて信じられないわ。頑張ってるご褒美《ほうび》に、明日の朝、美肌効果抜群のゴーヤのスムージー作ってあげる」

紅さんの優しさにじいんとし、嘘をついている罪悪感でいっぱいになる。

「ありがとうございます、紅さん」

すると紅さんが「ん〜、今日もかわいい」と、椅子に座った私の頭を撫でてくる。

紅さんはこんなふうに、毎日私に『かわいい』と言ってくる。紅さんの方がよほどかわいい、というかきれいなのに。

「ドレス姿見るの、楽しみねえ」

透子さんがニコニコしながら言った。透子さんも、まるで本当の娘のように私をかわいがってくれている。

「パーティーの日のメイクは私にまかせて、学校一の美女にしてあげるから」

「あんたのメイクだとケバいんじゃない？　栞ちゃんに似合うかしら？」

「お母さん、プロを舐《な》めないで。ちゃんと栞ちゃんに合ったメイクにするわよ」

「あらそう？　間違っても、あんたが高校生のときにしてたようなギャルメイクにしちゃダメよ。それはそうと、ヘアアレンジは私に任せてね。昔の腕が鳴るわ〜」

透子さんは、元美容師だ。

「こらこら、栞ちゃんがご飯を食べられなくて困ってるだろ。盛り上がるのもほどほどにしなさい」

リビングのソファーで新聞を読んでいる次男《つぐお》さんが言った。次男さんは、透子さんの夫で紅さんのお父さん、穏やかそうな見た目の中年男性だ。

ホワイトトイプードルのウメコが、次男さんの膝に前足をかけ、遊んでというように尻尾をパタパタ振っている。

「栞ちゃん。忙しいときは勉強は休んで、しっかり寝るんだぞ。勉強なんていつでもできるんだからな。一番大事なのは健康だ」

「はい。ありがとうございます、次男さん」

「それにそろそろ、呼んでもいいんだぞ。お、おとう――」

「……？」

「……いや、なんでもない」

なぜか中途半端なところで言葉を止めて、咳払いをしている次男さん。そんな次男さんの膝を爪でカリカリして、よりいっそう遊んでと催促《さいそく》しているウメコ。

川合家の人たちは、今日もあたたかい。

私がこの家で暮らし始めたのは、小四の春からだった。

実の両親のことは覚えていない。物心つく前に、事故で亡くなってしまったから。

私を育ててくれたのは、母方のおじいちゃんだ。

お母さんはおじいちゃんに結婚を反対され、駆け落ちして私を産んだらしい。

おじいちゃんの家の書庫には大量の本があって、私は子供の頃から本ばかり読んで育った。家も大きい方だったけど、生活は質素だった。

おじいちゃんの死後、私はお母さんの親友の家に預けられた。

それがここ、川合家だ。

初めて川合家に来たときは、怖くて仕方がなかった。親を亡くした子供が新しい家でいじめられて苦労する物語を、たくさん読んできたからだ。

だから川合家に着いてすぐ、当時ギャル高校生だった紅さんにぎゅうぎゅう抱きしめられたときはびっくりした。

『あなたが栞ちゃん⁉ やだ、ちょ〜かわいい〜！』

『ほんと、素直そうでかわいいわね。紅とは大違い』

『ちょっとお母さん、それどういう意味？』

とたんに透子さんと紅さんの口げんかが始まって、それを次男さんが諫《いさ》めて、その隙に当時は仔犬だったウメコが脱走して大騒ぎになって。

だけど数時間後には、家族みんなが揃った食卓は明るい笑い声に包まれていた。

私の新しい家族は、よくある物語とは違って、とてもあたたかい人たちだった。

そしてこれといった取り柄のない、本ばかり読んでいる子供の私を、目に入れても痛くないほどかわいがってくれた。新しい家族には、感謝してもしきれない。

いつか恩返しがしたいって、毎日のように思っていた。

中学に入ってすぐの頃、上品そうなおじさんが私を訪ねてきた。その人は、おじいちゃんの顧問弁護士だったらしい。弁護士さんは、衝撃の事実を私に告げた。

実はおじいちゃんはとんでもない資産家で、私が十八歳になったら、全遺産を相続させるという内容の遺言書を遺していたそうだ。

ただし相続するには条件があった。それは、私が聖ミゲリオ高等学園を卒業すること。

おじいちゃんは貧しかった子供時代、聖ミゲリオ高等学園の創設者に、生活を支えてもらった恩があるらしい。

その話を聞いたとき、私は戸惑った。

聖ミゲリオ高等学園といえば、お金持ちの家の子供が通う代表格のような高校だ。

実は資産家だったらしいけど、そんな素振りをまったく見せなかったおじいちゃんのもとで庶民として育った私には、ハードルが高すぎる。相続なんてしなくてもいいや、と最初は思っていた。

だけどある夜、透子さんと紅さんの会話をたまたま耳にしてしまう。

『大学費用ってこんなにするの？　パートやめて正社員になろうかしら』

『三十年で奨学金組めばいいじゃない。働きながら細々と返すからさ』

『安月給で奨学金まで取られたら、遊ぶお金なくなるわよ』

『ちょっとお母さん、今から安月給って決めつけないでくれる?』

川合家の人たちは、私が莫大な遺産を相続することなんか知らなかった。

それなのに、天涯孤独《てんがいこどく》の私を引き取り、心からかわいがってくれている。

川合家の人たちに、少しでも恩を返すことができたら——そんな思いで、私は遺産を相続する覚悟を決める。そして、聖ミゲリオ高等学園に入学した。


夕食後。

部屋のドアを開けたとたん、壁にかけたダンスパーティー用のドレスが目に入る。

ロング丈の水色のシフォンドレス。透子さんと紅さんは、ダンスパーティーで私がこのドレスを着るのを楽しみにしている。

あの人たちを裏切ることは絶対にできないから、新しいダンスパートナーが見つかって本当によかった。

机の引き出しから、高級ブランドのロゴ入りの小箱を取り出す。中には、ゴールドの指輪が入っていた。

去年の誕生日に、婚約指輪として柊矢がくれたものだ。

高級ブランドなんて身の丈に合わなくて、しまい込んだままだったけど、ダンスパーティーにはつけて行こうと決めていた。でももう、つけられなくなっちゃった。

胸がズキンとしたけど、思ったほどじゃない。

それはきっと、川合家の人たちが相変わらずあったかくて優しいから。

それから、青志さんっていう、思いがけない味方ができたから――。

二章　今の彼氏は俺だろ？

翌朝。

「ねえ、見て。山那さん、普通に学校来てる」

「あんなひどいことして、よく堂々としてられるよね」

「生徒会メンバー全員の前で佐渡くんにフラれたんだって？　いい気味～」

思ったとおり、登校してすぐ、周りの冷たい視線がグサグサ刺さった。

でも、今に始まったことじゃない。夏休み明けくらいから、私が莉々をいじめているという噂が学校中に広まり、悪口を言われていたから。

根も葉もない噂が広がったのは、きっとあのことが原因だ。

私は廊下を歩きながら、ぼんやりと数ヶ月前に思いをはせた。

莉々は生徒会に入ってすぐ、副生徒会長の私の補佐担当になった。

だけど、自分からやると言った仕事を、とことんやらなくて。

『先輩、ごめんなさい。体調崩してできなくなっちゃったんです』

『昨日の夜急に熱が出て、終わりませんでした』

莉々の言い訳はこんなかんじだった。しかも報告してくるのは、いつも締め切り直前。おかげで私は、莉々のやり残した仕事を、何度も徹夜でする羽目になった。

できないと初めから言ってくれた方が、よっぽど楽なのに……。

『先輩！　その仕事、わたしがやります！』

あるとき、ふたりきりの生徒会室でそう言われ、私はついに断ることにした。

『大丈夫。こっちでどうにかするから』

すると、莉々がみるみる目に涙をためた。

『そんな……。ごめんなさい、わたしが役立たずだから……』

そこにタイミング悪く、書記の竹田《たけだ》くんがやってきた。竹田くんは、サッカー部所属の体育会系男子だ。体格がよくて、スポーツ刈りがよく似合っている。

竹田くんが、泣いている莉々を見て怖い顔をした。

『おい山那、何やってるんだ？　莉々ちゃんをいじめるな』

莉々がすかさず竹田くんにすがりつく。

『竹田先輩、違うんです！　山那先輩は、わたしが体調を崩してばかりだから怒ってるんです！　体の弱い私がぜんぶ悪いんです！』

びっくりした。その言い方だと、私が莉々の体が弱いことを責めているみたいに聞こえる。私が困っているのは、莉々の体が弱いからじゃなくて、仕事をちゃんとしないからなのに。

『山那、お前サイテーだな。前から冷たい奴だとは思ってたけど』

莉々の言い分をまるまる信じた竹田くんが、私を軽蔑の目で見た。

違うって言いたかったけど、言う隙がなかった。莉々が『山那先輩を悪く言わないで！』と繰り返し叫んでいたからだ。

私が莉々をいじめているという噂が流れ始めたのは、その頃からだった。

噂はあっという間に広まって、気づけば私は、悪女呼ばわりされていた。

その後も莉々は仕事をしなくて、私はストレスで体調を崩した。数日学校を休んだあと、追い打ちをかけるように、柊矢が冷たい言葉を投げかけてきた。

『どうして学校を休んだんだ？　副会長だろ？　体調管理ぐらいちゃんとしろよ』

莉々がどんなに学校を休んでも、そんなこと、絶対に言わなかったのに。

『莉々、無理するなよ』とか『体調不良は莉々のせいじゃないよ』とか、優しい言葉だけをかけていたのに……。

苦い思い出に心を痛めていると、「おはよう、栞」と声がした。

仲よしで同じクラスの恵麻と紬がいた。

恵麻は、三つ編みのおとなしい女の子で、家は病院を経営している。紬は、黒髪ボブの明るい女の子で、バドミントン部所属。お父さんは、ラーメンチェーン店の社長って言ってた。

ミゲリオ学園では、三年間クラス替えがない。つまり、ふたりとは一年のときからずっと同じクラスだった。ちなみに柊矢は違うクラスだ。

「なんか、大変だったみたいだね」

紬が言う。

私が柊矢にフラれ、生徒会から追い出されたことを、もう知っているみたい。

これだけ噂されていたら嫌でも耳に入るよね。

「うん、ごめんね」

「は？　なんで栞が謝るの？」

「私と一緒にいたら、ふたりもとばっちり食らうかも」

今も女子たちが、こちらを見てヒソヒソ耳打ちし合っている。恵麻と紬も、いじめの共犯と思われてるのかもしれない。

「何言ってるの？　私たち、栞が二年の子をいじめたなんて、まったく思ってないから！　普段の栞見てたら分かるよ！」

「そうだよ！　間違った噂流されて気の毒なのは、栞ちゃんの方だよ！」

紬と一緒になって、恵麻も声を張り上げていた。

「ありがとう、ふたりとも……」

学校は敵だらけだけど、私にはこんなにも心強い味方がいる。

泣きそうになっている私を、ふたりが優しい目で見守っていた。

「ていうか、個人的にはフラれて生徒会も追い出されてよかったと思うよ。栞、生徒会でめちゃくちゃ忙しそうだったからさ」

「ちょっと、紬……！」

「あ、ごめん」

歯に衣《きぬ》着せぬ物言いの紬を、恵麻がたしなめる。

紬が慌てたように口を手で押さえていた。そんな紬に、私は笑顔を向ける。

「大丈夫だよ、本当のことだから。こうして久々にのんびり登校できたのも、朝早く行って生徒会のことをする必要がなくなったからだし。放課後も早く帰れそう」

生徒会の仕事は山のようにあったから、私は一日中作業に追われていた。

でも生徒会役員じゃなくなった今は、そんなことをする必要がない。

恵麻がパアッと顔を輝かせた。

「そっか、これからは放課後時間ができるんだね！　じゃあ、さっそく久しぶりに遊びに行こうよ！」

「うん、いいよ」

「やった～！　栞だけいつもいなくて、寂しかったんだよね。すっごくおいしいクレープ屋さんがあるんだ、行こう行こう！」

紬も手を叩いて喜んでいる。

これからは朝も夕方も、自分の好きなように時間を使えるんだ！

悪いことばかりじゃない。いやむしろ、いいことの方が多いんじゃ？

ふたりはますます盛り上がっている。

「これで、放課後の強化レッスンにも参加できるね！」

「生徒会が忙しくて参加できないって言ってたけど、もうそんな心配もないしね！」

うちの学校では、ダンスパーティーのために、年の頃から社交ダンスの授業がある。さらに高三のこの時期、差し迫った本番に向けて、強化レッスンが行われていた。

「ダンスレッスンのあと、それぞれのパートナーも呼んで、六人でカフェに行くのもいいかも……あっ！」

わくわくしたように恵麻が言い、途中でハッと口を閉ざした。紬も気まずそうな顔をしている。

柊矢にフラれた私には、肝心のパートナーがいない。強化レッスンに参加する時間ができても、相手がいないんじゃ話にならない。そのことに気づいたんだろう。

「大丈夫。新しいパートナーなら、もう見つかったの」

「えっ、そうなの⁉　誰？」

紬が目を見開く。

「いつも行ってる本屋の店員さん」

「へ？　本屋？」

「うん。事情を話したら、パートナーになってくれるって言ってくれたの」

「え、そんなことってある? 友達とかならまだしも、本屋さんって、他人じゃん! その人、本当に大丈夫なの?」

心の底から心配そうな紬。

「うん、たぶん大丈夫」

たしかに、素性すらよく知らない人を信頼するなんて、どうかしている。

だけど昨日話したとき、青志さんが私のことを本気で考えてくれているのが、不思議と伝わってきた。少なくとも柊矢よりは信頼できるって、直感したんだ。

紬と恵麻は、変わらず不安げに私を見ている。

「でも、無理だよ」

恵麻がポツンと言った。

「どうして?」

「普通の人が社交ダンスなんて、まず踊れないでしょ? ミゲリオ学園の生徒じゃない人にパートナーを頼むときは、半年くらい前からどこかの教室に通って練習してもらうらしいよ。そういうのが面倒だから、彼氏がいても、学園内の友達と参加する子の方が多いんだって」

たしかに！　瓶底眼鏡でボサボサ頭の青志さんが、社交ダンスを踊れるなんて思えない。今から教室に通っても、本番まで一ヶ月もないのに間に合わないよね。

そもそも仕事があるのに、レッスンで時間を割《さ》いてもらうのも申し訳ない。

「そこまで考えてなかった……」

顔を青くしていると、紬が励ますように私の肩を叩いた。

「大丈夫だよ、栞。パートナーになってくれそうな男子、私が当たってみる。同学年はもう無理だと思うけど、他学年ならきっと誰かいるから。だから本屋さんにはちゃんと断ってね」

そのとき、廊下が急にザワッとした。「キャー！」という女子の悲鳴じみた声がする。

女子たちの視線を一心に集めながら、ひとりの男子が廊下を歩いていた。

少し冷たい印象を受ける、奇跡みたいに整った顔立ち。琥珀色の瞳にはアンニュイさと自信が同居していて、ひと目見たら忘れられない魅力がある。

無造作な黒髪がまた、そんな彼の雰囲気に合っていた。その類まれな容姿をさらに際立たせている、一八〇センチ越えの抜群のスタイル。

世界に名だたる大企業、ISEグループの御曹司らしい彼は、入学当初から一目置かれていた。

そして、ものすごくモテる。彼がこうやって登校するだけで、学校中の空気が変わり、女子たちが浮足立つほどに。誰が言い出したのか、〝ミゲリオの帝王〟というあだ名まであった。

彼は自分に向けられる視線や歓声なんて気にも留めず、いつもどおり落ち着いている。というより、どこか冷ややかだ。かもし出す空気が、人との間に明らかに距離を作っている。

「院瀬くんも大変だね、朝からあんなに騒がれて」

紬が同情の目で彼を見た。

「知ってる? 院瀬くんをパートナーに誘った子、全員フラれたらしいよ。たしか三十人? 五十人だったっけ」

恵麻がヒソヒソ声で言う。

「じゃあ、ダンスパーティー誰と行くんだろ?」

「さあ、分かんない」

ふたりの会話を聞きながら、私もなんとなく院瀬くんを眺めていた。

カリスマ的な人気のある彼は、嫌われ者の私とは真逆の立場にいる。自分がみじめに思えて消えたいような気持ちになっていると、彼がチラリとこちらを見た。

え？　目が合った？

一瞬そう感じたけど、院瀬くんの姿は、すぐに人混みにまぎれて見えなくなった。

目が合ったと思ったのは、たぶん気のせいだろう。

「そろそろチャイム鳴りそう。急ごう、栞」

「うん」

紬にうながされ、私はすぐに院瀬くんのことは忘れて教室に向かった。

柊矢にフラれて噂の的にはなっていたけど、恵麻と紬が普段どおりに接してくれたおかげで、一日気楽に過ごせた。

だけど下校時、恵麻と紬と一緒に昇降口にいると。

「佐渡先輩、今から生徒会室ですか？　一緒に行きましょう」

甘ったるい声が聞こえてきて、背筋が凍った。今日も天使みたいにかわいい莉々が、柊矢を呼び止めている。

ふたりを見るのは、昨日の夕方、生徒会室でフラれたとき以来だ。

「莉々、今日から副生徒会長、よろしくな」

「はい、頑張ります！　だけど不慣れでご迷惑をおかけするかもしれません……」

シュンとうなだれる莉々の頭を、柊矢がよしよしと撫でた。

「はじめのうちは誰だってそうだ、仕方ないよ。俺が全力でサポートするから、くれぐれも無理だけはするなよ」

「ありがとうございます、先輩！」

莉々を見つめる柊矢のまなざしは優しい。あんなまなざし、私には一度も見せたことがない。柊矢が私を見るときは、いつもどこか残念そうだった。

癒え始めていたはずの心の傷が、またズキンと痛む。一緒にいるふたりなんか二度と見たくなかったけど、同じ学校だからそういうわけにもいかないよね……。

「見て、佐渡先輩と本木さん。ずっと見てられる」

「やっぱり佐渡先輩の隣は、本木さんみたいなかわいい子の方がお似合いだね。眼鏡の冴えない元カノよりも」

「ていうか佐渡先輩、なんであんな女と付き合ってたんだろ?」

そんなヒソヒソ声が、私の心の傷をどんどん広げていった。

息が詰まりそうになる。

「栞ちゃん、気にしなくていいよ」

「そうだよ。栞がものすごくいい子だってこと、私たちは知ってるから!」

恵麻と紬が、すかさず励ましてくれた。

「そんなことより、クレープ屋さん早く行こ! 平日でもけっこう混むんだよね」

「そうそう、一番人気のやつ、売り切れになるかもしれないし。すごくおいしいから、栞に食べてもらいたいってずっと思ってたんだ!」

私を元気づけるように、明るく接してくれるふたり。

「うん、そうだね」

私は精いっぱいの笑顔で、ふたりの優しさに応えた。

その後はクレープ屋さんに行き、一番人気のクレープを食べた。フルーツと生クリームがたっぷりの、ちょっと贅沢なクレープ。ものすごくおいしくて感動した。

恵麻と紬とたくさん話して、たくさん笑った。久々に過ごす友達との放課後は、最高に楽しかった。

だけど頭の隅にはずっと、柊矢と莉々の姿がちらついていて……。

ふたりと別れ、夕暮れの空の下でひとりぼっちになったとたん、またズキズキと胸が痛み始めた。平気だと思おうとしたけど、やっぱり平気じゃなかったみたい。

心の癒しを求めるように、気づけばあの本屋さんに向かっていた。

「いらっしゃいませ」

青志さんの声を聞いたとたん、みるみる肩の力が抜けていく。本の匂いもして、やっと胸の痛みが和らいだ。

「こんにちは」

青志さんが、心配そうに私を見ている。おもむろにカウンターから出てくると、「また何かありましたか?」と聞いてきた。

この人、私の心の変化に敏感すぎる。

その分厚い眼鏡のレンズに、特別なしかけでもあるのだろうか?

「その、ちょっとだけ嫌なことがあって……」

「嫌なこと?」

「昨日私をフッた彼氏が、新しい彼女と一緒にいるところを見てしまったんです。私と一緒にいるときとは違って、彼女のこと、すごく大事にしてたから……」

別に、今に始まったことじゃない。

柊矢はずっと、莉々に優しくて私には冷たかった。

だけどこれまでは、それでも私が柊矢の彼女だった。つらくても、私はそれを心の拠《よ》りどころにしていた。だけどもう、それすらもなくなってしまった。

ふと、青志さんにスラスラ打ち明けている自分に驚く。

恵麻と紬には強がってしまうのに、青志さんにはどうしてこんなに素直になれるんだろう？

青志さんは無言のままだった。

なんか怒ってる？　そんなふうに感じたとき、突然視界が陰った。

青志さんが本棚に片手をついて、至近距離から私を見下ろしている。

壁ドン、いや本棚ドン……？　このタイミングでなぜ⁉

「栞さん」

「はっ、はい」

「栞さんの今の彼氏は、俺ですよね」

「えっ?」

「さっき、元彼を彼氏と呼んでいました。気をつけてください」

「……はい?」

まさか、そんなところを責められるとは。言葉のあやというか、何も考えずに、柊矢のことを〝彼氏〟と口走ってしまっただけなのに。細かいところが気になるタイプの人らしい。

「えと、はい……。あっ、そのことなんですけど」

朝の、恵麻と紬との会話を思い出した。

「うちの学校のダンスパーティーでは、社交ダンスを踊らないといけないんです。だから社交ダンスの練習をしてもらわないといけないんですけど、これがけっこう大変で、今からじゃ間に合わないと思うんです。そんな厄介なことに付き合ってもらうのは、落ち着いて考えたら申し訳なくて……。適当な男子にパートナーをお願いしようと思ってるので、昨日の話は――」

そこで私は、ハッと口をつぐんだ。青志さんの放つ空気が、なぜか凍るほど冷たくなっていたからだ。

「ご心配なく、社交ダンスなら踊れますので」

きっぱりと言われ、私は目を丸くした。

「えっ、そうなんですか？」

「はい、その点に関してはお気になさらず。そんなことより、付き合ってる設定なのですから、お互いにこの話し方をやめませんか？　ってか――やめていい？」

青志さんの低めの声が降ってきた。いきなりのタメ口に、心臓がドクンと跳ねる。瓶底眼鏡の見かけからして、敬語しか喋らない人のように思っていたけど、タメ口が怖いくらいに自然だった。そして色っぽいのはなぜ？

「呼び方も変えよう。栞って呼ぶから」

気後れしている私には構わずに、青志さんがグイグイと事を進めていく。

なんとなくの圧を感じて、私はこくこくとうなずくことしかできなかった。

「はい、あっ……うん」

「栞」

いきなり呼び捨てにされて、心臓がどこかに飛んでいきそうになった。

甘さをはらんだ声が鼓膜に溶けて、ゾクリとする。この人、やっぱり声が良すぎない？

それに間近で見ると、驚くほど肌がツヤツヤだ。

青志さんのこと、年上かと思ってたけど、実はそんなに年が変わらないんじゃ？

唇の色もきれいで……って私、何を見てるの⁉

「俺のことも呼び捨てにしてくれていいから」

「えっ、それはさすがにちょっと。……青志くんでいい？」

もじもじしながら答えると、彼が突然、口もとをガバッと片手で覆《おお》った。

急にどうした⁉

「──いい」

指の隙間からかすかな声を漏らすと、ようやく青志さん……青志くんは私から離れていった。

ん？　なんか、耳が赤いような。気のせいかな？

青志くんがコホンとひとつ咳ばらいをして、しきり直すように言った。

「ところで、土曜日一緒に出かけないか？　栞と一緒に行きたいところがあるんだ」

二日後の土曜日。

指定された時間にいつもの本屋さんに行くと、青志くんが店の前で待っていた。

大きめの白シャツに、紺色のズボン。相変わらずの瓶底眼鏡にボサボサ頭だけど、エプロンをつけてないとどこか雰囲気が違う。

ていうか足ながっ。よく見ると、めちゃくちゃスタイルよくない？

「待たせたみたいで……ごめんね」

タメ口にまだ慣れなくて、口調がたどたどしくなってしまう。

青志くんが、かすかに口角を上げて笑った。

「大丈夫。行こっか」

「うん」

たどり着いたのは、徒歩十分のところにある公園だった。滑り台やブランコなんかの遊具や、色とりどりの花が咲く円形の花壇を中心とした広場がある。

「今日は子供が多いな」

「土曜日だからね。楽しそうで、なんかいいね」

「ああ。ここ、座ろっか」

「うん」

青志くんに声をかけられ、花壇の周りにあるベンチに座った。ひとり分の間を開けて、青志くんも隣に腰を下ろす。

空が青々として清々しい、秋晴れの日だった。

元気に遊ぶ子供たちの声が、耳に心地いい。

青志くんは、公園でぼうっとしたかったのかな?

でも、なんで私と一緒に?

不思議に思っていると、彼が「来たみたいだな」とつぶやいた。

車椅子を押したおばさんが、私たちのいる広場に近づいてきている。車椅子には、膝に黒猫を乗せた白髪のおじいさんが座っていた。

私は思わず「あっ」と声をあげる。

「ガブリエル!」

赤い首輪をした黒猫が、私の声に答えるかのように「ナア」と鳴いた。

やっぱりガブリエルだ!

前に通っていた古本屋さんで飼われていた猫。

「あんた、よく店に来てた子じゃないか」

ガブリエルを抱いているおじいさんが言った。

「店主さん、お久しぶりです」

ある日突然古本屋が閉店してから、店主さんのことはずっと気になっていた。

よかった。車椅子に乗ってはいるけど元気そう。

「またあんたに会えるとは思わんかったわい。会えてうれしいよ」

「はい、私もうれしいです」

「ニャ〜」

「あら、あなたがお父さんの古本屋に毎日来てたっていう子？」

車椅子を押しているおばさんが、驚いたように言った。肩くらいの髪の長さの、ほがらかそうな女の人だ。店主さんの娘さんみたい。

「ずっとお礼を言いたかったのよ」

娘さんにガシッと両手を握られ、びっくりする。

お礼を言われるようなこと、何かしたっけ……？

「おじいちゃん、お店にまったく若い子が来なくなって落ち込んでたんだけど、あなたが来るようになってから、それはそれは幸せそうでね。持病が悪化してたのに、みるみる元気になって、予定より長くお店を続けることができたのよ」

初めて聞く話に、私は目を瞬《しばたた》いた。

「ありがとう、お嬢さん。あんたのおかげで、気持ちよく店を畳《たた》むことができたよ」

店主さんが、ガブリエルの背中を撫でながら微笑んだ。

「それに、そこのあんたも」

急に話を振られ、青志くんが驚いたように店主さんを見る。

「俺のこと、気づいてたんですか?」

「眼鏡をかけてもわしの目は誤魔化せん。若い頃のわしに似てたからよう覚えとる」

「それは光栄です」

青志くんはどこかうれしそうだった。

店主さんは、毎週土曜日のこの時間、この公園に散歩に来てるみたい。四人で少し話したあと、笑顔で帰っていった。

「店主さん、元気そうでよかった。ていうか青志くんもあの古本屋さんの常連さんだったんだね」

ふたりがいなくなってから、青志くんに声をかける。

「ああ。栞と話したこともある」

「えっ、そうだったの？　ごめん、私ぜんぜん覚えてなくて」

「いいんだ。ところで浮かない顔してるけど、気になることでもあった？」

「その……私、店主さんにお礼を言われるようなことをした覚えがなくて、戸惑ったの。ただ本が好きで、あの古本屋さんに通ってただけだから」

「それがよかったんだよ。店主さんが好きな本を栞が好きでいてくれたから、彼はきっと力をもらえたんだ」

青志くんが、分厚い眼鏡のレンズ越しに、まっすぐ私を見つめる。

「それに、ときどき店主さんに話しかけたり、重い物を代わりに持ってあげたりしてただろ？　そういうさりげない栞の優しさが、店主さんにはすごくうれしかったんだと思う。栞は、そういう魅力的な女の子だよ」

心臓が、ドクンと跳ねた。

魅力的な女の子。そんなこと言われたの、生まれて初めてだ。

それに、自分でも覚えていないような古本屋さんでの出来事を、青志くんが覚えてたなんて……。

動揺していると、青志くんの雰囲気が真剣になる。

「だからもう、つまらない男のことなんかで悩まないでいい」

ハッとした。もしかして青志くんは、店主さん親子が私に感謝しているのを知っていたから、この場所に連れてきたの?

柊矢にこっぴどくフラれて自信をなくしている私を勇気づけるために。

「青志くん……」

胸がじいんと震え、目頭が熱くなる。

店主さんと娘さんが自信をくれたから。そして、青志くんがあんまり優しいから。

柊矢につけられた心の傷が、ゆっくりとふさがれていく。

私をじっと見つめている青志くん。瓶底眼鏡で顔がよく分からないのに、なぜかかっこよく見えてきて、直視できなくなった。

「あ、ありがとう」

慌てて、青志くんの顔から視線を逸らす。

青志くんは、どうして私にこんなに優しくしてくれるの?

完全に本屋さんのサービスのレベルを超えている。

なぜか異様に胸がドキドキして戸惑っていると、青志くんがポツリと言った。

「俺も本屋のはしくれだから、店主さんの気持ちは分かるな。自分が好きな本を好きでいてくれる人のことが、宝物みたいに思えてくるんだ」

そっか、自分と同じ本好きの私を、仲間だと思ってくれてるんだね。

その後も私たちはすぐには帰らずに、ベンチでいろいろな話をした。お互い本好きだから、本の話がつきない。

不思議な胸のドキドキは、その間もずっと続いていた。


週明け、学校のカフェテリア。

「栞、なんかいいことあった？」

向かいの席でオムライスを食べている紬が、私の顔を見ながら聞いてきた。

「そんなふうに見える？」

パスタをフォークにくるくるしながら、私は答える。

「うん、たまにニヤニヤしてる」

紬の隣に座っている恵麻が、サンドウィッチをもぐもぐしながら言った。

「えっ、ニヤニヤなんかしてる?」

「うん、してる」

紬と恵麻の声が重なった。

あの日以来、ふとしたときに青志くんのことを考えるようになった。今も水の入ったグラスの底を見つつ、青志くんの分厚い眼鏡のレンズを思い出しはしたけど、ニヤニヤしたつもりはない。

「もしかして、例の本屋さんと何かあった? ダンスパーティーに一緒に行くって言ってた人」

紬が言った。

図星なのが顔に出てしまったらしい。私の反応を見て、紬が眉をひそめる。

「前も言ったけど、その人、本当に信頼できるの?」

「うん、すごくいい人だよ」

「いい人って、どれくらいその人のことを知ってから言ってるの? 年齢は? 家族構成は? 家の場所は? なんでもいいから知ってること言ってみてよ」

「……ええと、本屋で働いてる」

「ほかには？」

「…………」

そう言われてみれば、青志くんのこと、いまだにほとんど知らない。

「ほら、何も知らないんじゃん」

「……あっ、社交ダンス、踊れるんだって！　自信ありげなかんじだった」

紬が目を見開いた。

「そんな都合いいことある？　ますます怪しくない？　パートナーは私が探すから断って！」

「そうだよ、栞ちゃん。悪い人ほどいい人の皮をかぶって寄ってくるって言うし」

私を心配してくれてるふたりの気持ちはありがたい。でも、青志くんは本当にいい人なんだ。

どうやったら、青志くんのよさをふたりに分かってもらえるだろう？

そんなことを考えていると。

「佐渡先輩、この席にしませんか？」

「ああ、そうだな」

よく知ってる声がした。

私たちから見て斜めの席に、柊矢と莉々が座ろうとしている。

やば、というように紬と恵麻が顔色を変えた。

「栞、見ちゃダメ!」

「栞ちゃん、目の前のパスタだけを見つめて!」

ふたりはものすごく気を遣ってくれてるけど、私は案外大丈夫だった。

前みたいに、柊矢と莉々が一緒にいるのを目にしただけで、胸がズキズキ痛むようなことはない。だいぶ見慣れたからかな?

いまだあたふたしている紬と恵麻に、にっこり笑いかける。

「大丈夫、心配しないで。本当にもう平気なの」

そんなことより、このウニのパスタおいしい。お金持ちの子が通う学校なだけあって、カフェテリアのメニューはハズレがない。

パスタをゆっくり味わいながら食べていると、莉々と目が合った。

別に見てたわけじゃなくて、なんとなく視界に入ったってだけ。

それなのに、莉々は露骨《ろこつ》に嫌そうな顔をすると、突然ガタガタと震えだした。

「莉々、急におびえてどうした？」

柊矢が慌てている。

「……なんでもないんです」

心配をかけまいとするかのような素振りを見せる莉々。

「なんでもないって雰囲気じゃないだろ？」

「その、睨まれて、怖くなっちゃって……」

「睨まれてって、いったい誰に――」

周囲を見回した柊矢が、私に気づいてハッとした顔をした。とたんにぐっと眉根を寄せ、立ち上がってこちらに近づいてくる。

「いい加減にしろよ、栞」

柊矢の顔は、本気で怒っていた。

「？　なんのこと？」

「莉々が栞に睨まれたって言ってるんだ。俺にフラれたからって、莉々を恨むのは見当違いだろ？　悪いのは莉々をいじめた栞なんだから」

「……ええと?」

意味が分からなくて、呆気に取られた。まず、私は莉々を恨んでなんかいない。

柊矢にフラれたときはショックだったけど、今はもうそれでよかったと思ってい
る。だって柊矢のタイプが莉々のような子なら、私とは真逆だし、遅かれ早かれフ
ラれていた。どう言ったら伝わるだろうと悩んでいると、周りがザワザワし始める。

「山那さん、まだ本木さんのこといじめてるんだ」

「体の弱い後輩いじめるなんてサイテー」

ああ、またこのパターンか。私が何を言っても、恵麻と紬をのぞいて、この学校
の人たちはみんな莉々の味方についてしまう。

もういいや、どうにでもなれ。

そんなふうにあきらめモードになっていると、テーブルに陰が差した。

「うるさいんだけど、黙ってくれない?」

どこかで聞いたような声がする。

どこでだったっけ?と思いつつその人を見上げた私は、驚きのあまり凍りついた。

ややくせのある黒髪に、非の打ち所のない顔立ち、アンニュイなのに意志の強さ

も感じる琥珀色の瞳、ほかの生徒とは明らかに異なるオーラ。

私のすぐ隣に立っていたのは、まさかの〝ミゲリオの帝王〟院瀬くんだった。

「キャーッ!!」

近くにいた女子たちが黄色い声をあげる。

「院瀬、なんでお前が出てくるんだ？　お前には関係ないだろ？」

いつも堂々としている柊矢がうろたえている。院瀬くんは、それほど別格な存在だからだ。決して表立つことのない、学園のひそかな絶対君主。

そのはずなのに、院瀬くんは今、表立って柊矢を非難するように睨んでいる。

「うるさいって言っただろ？」

院瀬くんが殺伐《さつばつ》としたオーラを放つ。明らかに不機嫌な彼の雰囲気が、空気をひりつかせた。柊矢がごくりと唾《つば》を呑む。

「院瀬先輩！」

すると、莉々が駆け寄ってきて、うるうるした目で院瀬くんを見上げた。

「わたしが悪いんです！　佐渡先輩は、山那先輩に睨まれておびえていたわたしを気遣ってくれただけなんです！　だからどうか怒らないでください……！」

天使のように愛くるしい顔で、必死に院瀬くんに懇願《こんがん》する莉々に、カフェテリア中の生徒の視線が集中した。

「つらい目にあったのに、彼氏をかばうなんて莉々ちゃんは本当に優しいな」

そんなため息のような声も聞こえる。

「お詫《わ》びなら、わたしがいくらでもしますから」

莉々が、院瀬くんの腕へと手を伸ばした。

――バシッ!

だけど、その手は勢いよく振り払われる。

「触るな」

院瀬くんが、背筋が凍えるほど冷たい声を出した。まるで害虫でも見るかのように、莉々を見下ろしている。

院瀬くんの莉々に対するぞんざいな態度に、周りが静まり返った。

莉々はもちろん、柊矢も唖然としたように固まっている。

立場をなくした柊矢と莉々が、自分たちの席へと戻っていく。

私は今さらのように、隣に立つ院瀬くんを観察した。

学校中の女子を虜《とりこ》にしている〝ミゲリオの帝王〟は、近くで見れば見るほどきれいな顔をしていた。見た目も雰囲気も、気後れするほどすべてが完璧だ。

そりゃ、みんな憧れるよね。

そんなことを考えていると、こちらを見た彼と目が合ってしまう。

冷たい印象を与える目なのに不思議とあたたかさを感じて、ドキッとした。

だけど院瀬くんはすぐに私から目を逸らすと、隣から離れていった。

とびきりスタイルのいい後ろ姿をどこかで見たことがあるような気がして……だけどそれがどこでだか、どうしても思い出せなかった。

＊＊柊矢＊＊

カフェテリアで昼飯を食べている途中から、莉々は様子がおかしかった。

いつも健気に笑っているような子なのに、ずっとうつむいて黙っている。

栞に睨まれたのが、よほど怖かったようだ。それは分かっているのに、なんだか落ち着かない。

媚《こ》びるような声で院瀬の腕に触れようとした莉々の姿が、頭の中にずっと残っているからだろう。

「莉々、じゃあこの辺で」

階段の手前で足を止めた。俺の教室は一階だけど、莉々の教室は二階にある。

「放課後、生徒会室で待ってるからな」

すると莉々が、急にゴホゴホと咳き込み出した。俺は慌ててその背中をさする。

「大丈夫か⁉」

「ゴホッ……ゴホッ！　ごめんなさい、今日はなんだか体調が悪くて……」

「いいんだ、無理するな。今日は生徒会を休んでいいから」

「でもそれじゃ、佐渡先輩に迷惑がかかっちゃいます……！」

「大丈夫、莉々はそばにいてくれるだけで俺の力になるんだから」

「佐渡先輩……」

うるうるした目で、俺を見上げる莉々。

莉々は咳が落ち着いてから、自分の教室へと戻っていった。階段を上る莉々の背中を見送りながら、俺はまたモヤモヤとしていた。

やっぱり、院瀬にすり寄ろうとした莉々の姿が忘れられない。

だけど頭をブンブンと振って、どうにか邪念《じゃねん》を追い払う。

莉々みたいに純粋な子が、そんなことするわけないだろ！

冴えない見た目のくせに、陰で莉々をいじめていた、栞のような悪女とは違うんだから！

頭の中が、だんだん栞への憎しみで埋めつくされていく。

俺はため息交じりにつぶやいた。

「まったく。父さんはなんであんな冴えない女と付き合えなんて俺に言ったんだ」

入学早々、なぜか父さんに、栞と付き合えと言われた。早いうちに結婚を約束しろ、とも。

女にしては高い身長、ひとつ結びの冴えない髪型、眼鏡。真面目を絵に描いたような栞は、まったく俺の好みじゃないのに。

『あの子はお前の人生にプラスをもたらす存在だ。必ずものにするんだぞ』

そんな言い方をされ、俺は仕方なく栞にアプローチした。

なんで俺がこんな冴えない女に告らなきゃいけないんだと思ったけど、父さんの命令には逆らえなかった。栞が真面目すぎるせいで、思ったより時間がかかったけど、どうにか俺たちは付き合うことになった。

栞は本当につまらない女だった。

本ばかり読んでいるような眼鏡女と、リア充でイケメンの俺が合うわけがない。

『佐渡くんみたいな人が、どうして山那さんなんかと付き合ってるの？』

そんな周りの残念そうな声も、俺のプライドを傷つけた。

しかも一度だけ行った栞の家は、庶民代表のような家だった。持っている車だって、俺が人生で乗ったこともないような軽自動車だ。

しかも栞は孤児らしく、家の人とは血がつながっていないらしい。

父さんがあれほど栞をすすめてきたんだから、家柄がよほどなんだろうと期待してたのに、拍子抜けした。

俺が栞と付き合うことで、いったいどんなプラスがあるんだ？

マイナスしかないじゃないか。父さん、もしかして栞を誰かと間違えてる？

心のモヤモヤが日に日に膨《ふく》らんでいた頃、俺は莉々と出会った。

生徒会室の近くで、咳をしてうずくまっていた莉々に声をかけたのがきっかけだ。

莉々は、そこにいるだけで花が咲いてるみたいにかわいい子だった。明るくて、人懐っこくて、俺のタイプそのものだ。

体が弱く、すぐに守ってやりたい気持ちが芽生えた。家はケーキ屋を数店舗経営していて、栞の家よりはよほどいい。

俺はすぐに莉々に夢中になった。

それに嫉妬した栞は、俺の知らないところで莉々をいじめていたらしい。

『わたしじゃ力不足だからって、生徒会の仕事をさせてもらえないんです』

『佐渡先輩に近づくなって言われて……。あ、このアザは、その……山那先輩に突き飛ばされたときにできてしまったみたいで』

莉々が洗いざらい話してくれたときは、怒りを抑えるのに必死だった。

なんのとりえもないくせに、こんなにもか弱くて純粋な莉々をいじめるなんて、栞は最低な女だ。

栞の悪女ぶりは学校中に知られていて、俺が栞と別れて莉々と付き合うようになると、みんなが喜んでくれた。

だから父さんだって、気づいてくれるはずだ。栞よりも莉々の方が、俺の彼女にふさわしいって。

と、思ってたのに。

「ふざけるな！」

夕食後の書斎《しょさい》で、栞とは別れて莉々と付き合い始めたことを打ち明けるなり、父さんに怒鳴られた。

「なぜ山那栞と別れたんだ！　必ずものにしろと言っただろう！」

父さんがこんなに怒るのを見たのは初めてだ。

俺はひるんだものの、ぐっと拳を握りしめて、真っ向から父さんを見つめる。自分は間違っていないという確信があったからだ。

「あんな庶民の女と付き合って、なんの利益があるっていうんだよ？　莉々の家の方が間違いなく金持ちだ。父さん、目を覚ましてくれよ。莉々と付き合う方が、よほどいいに決まってる」

父さんの表情が、すうっと冷えていくのが分かった。心底軽蔑するような目を向けられて、背筋に寒気が走る。

「庶民の女だと？　ふざけるな！　山那栞はヤマナグループの創設者、唯一の孫だぞ？　『山那』という名を聞いて気づかなかったのか？」

「は……？」

俺は驚きのあまり、魂を抜かれたようになった。

ヤマナグループといえば、総合建築業を手がける、超有名企業だ。莉々の家のケーキ屋なんかとは比べ物にもならない。『山那』『ヤマナ』――たしかに同じだけど、気づかなかった。特別珍しい名前でもないからだ。

「後継ぎのくせに、まったくなんてザマだ。山那会長の遺した莫大な遺産は、山那栞がすべて相続することになっている。ごく一部の人間しか知らない極秘情報を、苦労して特別なルートから入手したっていうのに」

愕然《がくぜん》とする俺に、追いうちをかけるように言う父さん。

「うちは、十年以内に事業を大幅に拡大する予定だ。お前があの娘を手に入れていれば、スムーズに進んだものを！」

怒鳴られ、俺は身をすくませた。

逃した魚が大きかったと知り、全身に冷や汗が湧く。

「もういい、他の手立てを考える。お前に期待した私がバカだった」

父さんは深いため息をつくと、俺を書斎から追い出した。ぼんやり廊下を歩いているうちに、だんだん父さんに苛立《いらだ》ってくる。

そもそもなんだよ、事業拡大のために栞と付き合えって、無茶すぎだろ。

俺の気持ちは無視かよ?

実は金持ちだかなんだか知らないけど、栞みたいな顔も性格も悪い女はごめんだ。そこそこの金持ちで、顔も性格もいい莉々の方がいいに決まってる。

父さんは知らないんだ、栞がどんなに最低な彼女だったか。そして、莉々がどんなに理想的な彼女か。莉々と付き合い続ければ、父さんも莉々の良さを知って、そのうち俺に感謝するようになるはずだ。

そのときはまだ、そんなふうに前向きでいられた。


「今日も体がしんどくて、生徒会に行けそうにありません。本当にごめんなさい!」

「提出しなきゃいけない資料、できませんでした……。わたしが、わたしが悪いんです! 山那先輩にいじめられたときのこと、思い出しちゃったから……!」

その後も、莉々とはこんなやり取りが続いた。

「いいよ、莉々。無理するな」

その度に俺は、そう言って莉々を許した。だけど実際は、しわ寄せがすごかった。

仕事量が二倍、いや三倍になったかんじだ。

家に帰ったらヘトヘトで、疲れて眠るだけの毎日。授業中も寝てしまい、優等生の俺に何があったんだと、クラスがざわついていた。

栞の抜けた穴は、思いのほか大きかった。

あの女、顔も性格も悪いけど、生徒会の仕事だけは完璧だったから。

「くそ……っ!」

放課後の生徒会室で、俺は大量の資料を処理しながら、悪態をついた。

竹田をはじめとした生徒会メンバーが、驚いたように俺を見る。

イライラしているのは莉々に対してじゃない、栞に対してだ。

生徒会を追い出されたからって、こうまであっさり近寄らなくなるか?

仮にも副生徒会長だったんだ、様子を見に来たり、手伝ったりするのが普通だろ?

莉々の体が弱いと知ってるなら、なおさらだ。

ため息をつきながら資料から顔を上げたとき、本棚に見慣れないファイルがあることに気づいた。なんとなく手に取ったそのファイルには【引継ぎ資料】と書かれている。

「なんだ、これ」

試しに開いてみて驚いた。副生徒会長の仕事内容が、事細かく丁寧にまとめられていたからだ。【重要、忘れないで】【毎月必ず先生に報告!】などと書かれた付箋《ふせん》まで貼られている。

文字を見てハッとした、栞の字だ。このファイルを作ったのは、栞で間違いないだろう。

「きれいな字だな……」

思わずボソッとつぶやいていた。

去年の冬に婚約指輪をあげたとき、うれしそうに笑った栞の顔を思い出す。頬をほんのり赤くして、輝く瞳で俺を見つめていた。

『ありがとう、大事にするね』と言って、指輪の入った箱を、大事そうに両手で包み込んでいたっけ。

そうだ、栞は俺のことが大好きだったんだ。栞からしてみれば、俺みたいな男と婚約できるなんて、奇跡みたいなもんだからな。

こうして完璧な引継ぎ資料を作ってくれたのも、いまだに俺が好きだからだろう。

「そうだ！」

俺はひらめき、顔を上げた。

栞が生徒会室に来ないなら、俺が栞のもとに行けばいい。そして生徒会のことを手伝ってほしいと声をかけよう。いろいろあったけど、結局のところ俺のことが大好きな栞は、絶対に断らないはずだ。

三章　実はハイスペでした

「院瀬くんが、事務室でダンスパートナーの申請してたらしいよ！」

放課後ひとりで廊下を歩いていると、そんな声が耳に飛び込んできた。

「うそ、ショック！　相手だれ？」

「分からない、それ以外はなんの情報もないの」

「え～、気になる～！」

カフェテリアで見た、院瀬くんの姿を思い出す。

遠くから見ても特別だったけど、近くで見たらもっとすごかった。

家柄、顔、スタイル、どれをとっても完璧。私とは、天と地ほど存在に差がある人。院瀬くんはそういう、私にとっては別次元の人だった。

靴箱からローファーを取り出していると、相変わらず冷ややかな視線を感じた。

だけどもう、そんなに気にならない。青志くんと一緒に公園に行って、古本屋の店主さんに会った日から、私の中で何かが変わったみたい。

――『栞は、そういう魅力的な女の子だよ』

青志くんの声が、耳の奥にずっと残っている。

――『あんたが来てくれるのが、毎日楽しみじゃったんじゃ』

店主さんの声も。

自分を認めてくれる言葉って不思議だ。心を強くしてくれる。

急に青志くんに会いたくなった。

あの隠れ家みたいな本屋さんで、本の匂いに囲まれながら、青志くんと話がしたい。瓶底眼鏡の青志くんが、微笑む顔を見ていたい。

早く本屋さんに行こう。

そう思いながら、昇降口から外に出たときのこと。

「栞」

背中から呼ばれて、ゾクッとした。

おそるおそる振り返った先には、やっぱり柊矢が立っている。しかもいつもの冷たい表情ではなく、付き合い始めの頃に見たような、柔らかい表情で。

「この間のカフェテリアでは、ごめん」

柊矢が申し訳なさそうに言った。

え、なに。急にどうした？

「ついカッとなって……気づいたら栞にあんなこと言ってた」

突然態度を変えられても、怖いとしか思えない。

とにかく、早く柊矢の前から逃げたかった。

「……気にしてないからもういいよ。本木さんの力を見てたのは本当だし」

もちろん、睨んでなんかいない。普通に景色を見るように見てただけ。

だけどこんなこと言っても、柊矢は信じてくれないだろうな。ていうかもう、信じてくれなくていい。

「見てた……か。そうか、そりゃ気になるよな、莉々のこと」

「……？」

柊矢が、なぜかうれしそうにしている。

気味が悪くて、私はさっさと話を切り上げることにした。

「じゃあ、もう行くね」

すると、ガシッと手首を握られた。肌に直に柊矢の体温が伝わってきて、ゾゾゾッと悪寒が走る。

付き合ってたときですら、一度も手をつないだことがないのに。いったいどういうつもりだろう？

「頼みがあるんだ」

聞きたくもないけど、柊矢は手首を離してくれない。

「生徒会の仕事、少しだけ手伝ってくれないか。莉々は副会長になったばかりで、大変そうなんだ。莉々が慣れるまでの間だけでいいから」

みるみる怒りが込み上げる。

どうしてそんな涼しい顔で、そんな残酷なことが言えるんだろう？　自分勝手にもほどがある。

「無理だよ」

私は吐き捨てるように言った。

「そんな無責任なこと言うなよ」

無責任？　は？　どっちが？

我慢できなくなって、私は無理やり柊矢の手を振りほどいた。

触れられたところが気持ち悪くてジンジンする。柊矢のことはもう、体が生理的に受け付けない。

「タイミング逃して言えてなかったけど、棚に引継ぎ資料があるから、それ見て」

私は早口でそう告げると、柊矢の前から走って逃げた。

早く、早く青志くんに会いたかった。

＊＊莉々＊＊

昇降口を出たところで、佐渡先輩が山那栞に話しかけているのを見てしまった。

佐渡先輩は、山那栞の手首をつかんでまで、何かを言っていた。よく聞こえなかったけど、怒りがふつふつと湧くのを感じた。

もしかして佐渡先輩、あの女に未練があるの⁉

見てられなくて、わたしは急いで廊下に引き返す。

あのデカい眼鏡女、図に乗りすぎだわ。この間も、カフェテリアで、院瀬先輩にかばわれてたし。

いいや、あんなのかばったうちに入らないわ。院瀬先輩は佐渡先輩の声がうるさくて注意しただけで、あの女のことなんか眼中にないに決まってる。

院瀬先輩があんなふうに誰かに喧嘩腰になったのを見たのは初めてだ。

ふとあることに気づき、廊下の途中で立ち止まる。

「もしかして……わたしと話すきっかけがほしくて、あんなことをしたの？」

あのときは院瀬先輩に冷たくされたのがショックで気づかなかったけど、よくよく考えたら、そうとしか思えない。

院瀬先輩、素っ気ないフリして、本当はわたしのことが好きだったんだ。

佐渡先輩と付き合ったことを知って、急に惜しくなったのね。そういう話、よく聞くもの。こうなったら佐渡先輩はキープしつつ、タイミングを見て、院瀬先輩に乗り換えようかしら？

「ふふっ」

笑いが込み上げてきて、口もとを両手で覆って必死に耐える。

「莉々ちゃん、何やってんの？」

「真っ赤になってかわいい」

そんなわたしに見惚れながら、男子たちが廊下を通り過ぎていった。

何をやってもかわいいって、本当に罪よね。自分でもつくづくそう思う。

わたしは小さい頃から『かわいい』『お姫様みたい』とみんなに言われて育った。

蜂蜜色の髪に、うるうるしてる大きな目。家はお金持ちで、人と話すのも上手。

笑いかけたらみんなわたしを好きになったし、男の子には嫌というほど告白された。

中学に入った頃から、彼氏をとっかえひっかえするようになった。

だけどなにか物足りない。

わたしに釣り合う男って、なかなかいないのよね。顔はよくても家柄がいまいちだったり、家柄はよくても顔が微妙だったり。家柄も顔もスタイルも、すべてを持ち合わせてる男じゃないと、わたしがかわいそう。

だけど聖ミゲリオ高等学園に入学して、噂のＩＳＥグループの御曹司を初めて見たとき、ビビッときたの。

イケメン俳優顔負けの完璧な目鼻立ち、一八五センチのモデル体型。

わたしに釣り合うのは、この人しかいない！

そう思って、さっそく院瀬先輩にアプローチを始めたんだけど。

『院瀬先輩、おはようございます』

『…………』

『ゴホッ、ゴホ……ッ！　あ、急に咳が止まらなくなったわ！』

『…………』

院瀬先輩は私に見向きもしなかった。

一度も目が合ったことすらない、完全完璧に無視。

男がたいていひっかかる、〝体の弱い守ってあげたくなるような女子のフリ〟もとことん無視。悔しくて悔しくて、どうにかなりそうだった。

だけどそんなとき、院瀬先輩を引っかけるための〝体の弱い守ってあげたくなるような女子のフリ〟に釣られたイケメンがいた。

院瀬先輩の次にかっこいいって騒がれてる、生徒会長の佐渡柊矢だ。

顔はまずまずタイプだし、家はわりと大手の酒造メーカー。

院瀬先輩ほどじゃないけど、悪くないわね。

そう感じたわたしは、その日から、ターゲットを佐渡先輩に変えた。

佐渡先輩に彼女がいるって知ったときはガッカリしたけど、すぐに考え直す。

その彼女が、冴えない眼鏡女子だったからだ。オシャレ感ないし、根暗そうだし、こんなの余裕で別れさせられるって思ったわ。

まずは佐渡先輩にうまく言い寄り、生徒会に入った。それから先輩の彼女――山那栞がわたしのことをいじめてるって噂を流したり、演技したりした。佐渡先輩は、あっさりわたしに陥落《かんらく》。

生徒会全員の前で山那栞をフッたときは、楽しくて楽しくて、笑いをかみ殺すのに必死だったわ。それなのに、今さら山那栞に未練がある素振りを見せるなんて。

わたしという完璧な彼女がいながら、許せない！

絶対に、院瀬先輩に乗り換えてやるんだから！

その前に、元彼に色目を使ったあの眼鏡女に、痛い目見せてやらないと気が済まないわ。

学校中の嫌われ者のくせに、調子に乗ってるんじゃないわよ。

イライラしながら廊下を歩いているときのことだった。

「お願い、栞のパートナーになって！」

そんな声が聞こえて、わたしは足を止める。

「中学のとき、バスケ部で面倒見てあげたでしょ？　恩返しだと思って、ね？」

廊下の隅で、黒髪ボブの女子が、茶髪の男子と話していた。女子の方は、たしか三年の斎藤《さいとう》紬だっけ？　山那栞の数少ない友達のひとりだ。

男子の方は、二年の小塚《こづか》くん。小塚くんは困った顔をしている。

「栞って、あの山那先輩のことですよね？　いい噂聞かないし、自分にはちょっとハードル高いっす」

「あんなのデマよ、信じちゃダメ。社交ダンス部の小塚くんなら、練習しなくても余裕で踊れるでしょ？　だからお願い！」

斎藤《さいとう》紬はなかなか引き下がらない。

小塚くんがあきらめたようにため息をついた。

「……分かりました、いいですよ。でも、極力関わらないようにしますからね」

「ほんと？　ありがとう！　さっそく栞に伝えるね！」

斎藤紬は喜びながら、廊下の向こうへと去っていった。

なるほど、佐渡先輩にフラれてから、山那栞はパートナーを見つけられていないのね。友達がこうやってパートナーを探してあげるって、なんてみじめなの。

でも、パートナーなんて絶対に見つけさせない。ひとりでダンスパーティーに行く羽目になって、とことんまで恥をかくといいわ。

教室に入ろうとしている小塚くんに、ぴょんっと跳ねるようにして近づいた。

「こーづかくん！」

「も、本木さん……？」

小塚くんが、わたしを見て顔を赤くしている。

やっぱり男子はみんなわたしのことを好きになるのよ。この様子だと楽勝ね。

「さっきの話聞いてたんだけど、お願いだから山那先輩とパーティーに行かないで。きっと、山那先輩にひどいことをされるわ！」

「でも、斎藤先輩があの噂は嘘って……」

「嘘なんかじゃないわ。当事者のわたしが言うんだから、信じて。山那先輩は本当にひどい人なの。きっと斎藤先輩もだまされてるのよ。わたし、本当に小塚くんが心配なの」

瞳をうるうるさせると、小塚くんが目を泳がせた。あともうひと息ね。

「わたし……小塚くんのことが、ずっと気になってたの」

思い詰めたように言うと、小塚くんが驚いた顔をする。

「だけど本木さん、佐渡先輩と付き合ってるよね？」

「山那先輩から守ってもらった恩があるから断れなくて、付き合うことになっちゃったの。でも、やっぱり小塚くんのことが忘れられなくて。できれば一度、デートしてほしいな。……ダメ？」

上目遣いで見上げると、小塚くんがごくりと喉を鳴らす音が大きく響いた。

「も、もちろんいいよ」

「やった！　で、山那先輩の件、断ってくれる？」

「分かった。斎藤先輩に連絡しとくよ」

「ありがとう、うれしい♡」

天使みたいってみんなに言われる笑顔で、ふんわり笑って見せる。

分かりやすくズキュンされた顔をしてる小塚くんは、もう完全に私の手の中だ。

これで山那栞にとっては、地獄のダンスパーティーになること間違いなしね。

＊＊＊

ダンスパーティーを一週間後に控えたその日、私は放課後のダンス強化レッスンに参加していた。

みんながパートナーと一緒に練習している中、私だけひとりだ。エアパートナーを相手に模擬練習してる。

「役に立てなくて、本当にごめん……」

隣で自分のパートナーと一緒に踊っている紬が、また謝ってきた。

紬は小塚くんという二年生の男子に、私のパートナー役を頼んでくれた。だけど今日ここにくる予定だったのが、直前でお断りのメッセージがきたみたい。

私のパートナー探しが予想以上に大変なことを、身をもって知ったんだと思う。

「本当にもう気にしないで」

「でも……」

紬が申し訳なさそうに周りを見る。ペアで練習している生徒たちが、ひとり寂しく練習している私を見て、クスクス笑っていた。

恵麻も自分のパートナーと踊りつつ、私のことが気になって、練習に身が入っていないみたい。本当に優しい子たちだ。

「パートナーなら大丈夫、きっとなんとかなるよ。だから練習に集中して」

私は、青志くんを信じてる。青志くんが社交ダンスが踊れるって言うならそうなんだろう。青志くんは嘘をつくような人じゃないって、もう分かってるから。

ただ紬と恵麻に言っても、また心配されるだけだから、パーティー本番までは黙っているつもりだった。

「紬、私のために頑張ってくれてありがとう」

「栞……」

紬が泣きそうになって、パートナーの男子を戸惑わせていた。

どんなに冷たい目で見られても、私はもう、本当に平気なんだ。

紬と恵麻と、そして青志くんがいてくれるなら——。

ダンスレッスンが終わってから、いつもの本屋さんに向かった。外はもう日が暮れかかっている。

九月が終わりに近づくにつれ、日没が早くなったように思う。

藍色の空の下、路地を歩いていると、背後に人の気配を感じた。

振り返ると、黒スーツの強面《こわもて》のお兄さんが、私の後ろを音もなく歩いている。

え、なに？　こわ……っ！

私は青ざめると、路地を走り、急いで青志くんの本屋さんに駆け込んだ。

「そんなに急いで、何かあったのか⁉」

ゼーハー息をついていると、青志くんがカウンターの向こうから飛び出してくる。

こんなに動揺している青志くん、初めて見た。

「なんか、変な人に、あとをつけられてて……」

息を切らしながら言うと、青志くんを取り巻く空気が変わった。

瓶底眼鏡をかけていても、ものすごく怒っているのが分かる。

「変な人？――どんな奴だ？」

人を殺しかねない青志くんの勢いにビビりつつも、私は答えた。

「黒いスーツを着た男の人。無表情で、顔が怖くて……」

すると、青志くんの雰囲気がなぜか和らぐ。

「沢田め、バレないようにしろと言ったのに」

ものすごく小声で何かつぶやいていたけど、よく聞き取れなかった。

「ごめんな、怖い思いをさせて」

なんで青志くんが謝るのかよく分からなかったけど、優しい声にドキッとする。

あの公園での出来事以来、青志くんのささいな声や表情の変化で、胸が騒ぐようになってしまった。

私、どうしちゃったんだろう？

私の息が完全に落ち着いた頃、青志くんが紫の本を差し出してきた。

「これ、前に言ってたおすすめの本」

金の枯草《かれくさ》模様が装飾された、魔法書みたいな表紙の本だった。さわりを読んだだけで、私好みの小説だということがすぐに分かる。

この本屋のラインナップを見たときから思ってたけど、青志くんとは、怖いくらい本の趣味が合う。こうしてときどきおすすめしてくれる本は、どれももれなく好みど真ん中だった。

「ありがとう、すごくうれしい」

素敵な表紙の本を、ぎゅっと胸に抱きしめる。大好きな古本の匂いがして、ますます心が落ち着いた。この本屋さんは、私に幸せをくれる魔法の本屋さんだ。

青志くんも、私にとっては奇跡みたいな人。

「あー……」

本を抱きしめる私を見ていた青志くんが、困ったようにうなりながら、人差し指で自分の鼻先を掻いている。最近知ったことだけど、青志くんは照れたときに鼻先を掻くクセがあるみたい。

こんなふうに、私がおすすめの本を気に入ったとき、青志くんはいつもこの仕草をした。自分のおすすめの本を認めてもらえて、うれしいんだと思う。本の趣味が合う人って、なかなかいないもんね。

そこで、私は大事なことに気づいた。

「そうだ、お金！　今度こそちゃんと払うから」

つい最近も【名探偵ピコ】の絶版本をもらったばかりだ。

だけど青志くんは、いつものようにかぶりを振った。

「いいんだ、気にしないで」

「でも、そんなわけにはいかないよ。絶対に払う！」

「本当にいいんだ。その代わり、今度ひとつだけ願い事を聞いてくれる？」

またこの流れ！

前もお金の代わりに悩みを聞かれ、青志くんがダンスパートナーのための偽装彼氏になるという、謎の展開になった。つまり、結局私が助けられただけだった。

今回こそちゃんとしたかったんだけど、やっぱりお金は払わせてもらえない雰囲気で。

「……願い事ってどんなこと？」

「まだ決めてない」

「ちゃんと青志くんが望んでることにしてね？」

「ああ、約束する」

「……なら、分かった。なんでも言ってね、必ず叶えるから」

「ゆっくり考えとくよ」

しぶしぶうなずくと、青志くんが妙に色気のある笑みを浮かべた。

聖ミゲリオ高等学園の一大行事、ダンスパーティーの当日を迎えた。

「本当にこんな薄化粧でいいの？　もっとかわいくできるのに」

川合家のリビングで、私のメイクをしながら、紅さんが唇を尖《とが》らせている。

「はい、十分です。紅さん、本当にありがとうございます」

「せめて眼鏡を外したら？　眼鏡ないとめちゃくちゃ美人なの知ってるんだから」

「ごめんなさい、恥ずかしくて」

「紅、無理言わないの。栞ちゃんが困ってるじゃない」

透子さんが、紅さんをたしなめる。

「それにあんたみたいなケバい化粧は、栞ちゃんには似合わないわ」

「だから、プロを舐めないでって言ってるじゃない。私にはこのメイクが似合うからこうしてるだけで、ちゃんと栞ちゃんに似合うメイクもできるわよ」

「はいはい、分かった分かった。栞ちゃん、立ってみて――あら素敵」

水色のシフォンドレスを着た私が鏡に映る。

髪は、透子さんが編み込みのアップスタイルにしてくれた。透子さんには申し訳ないけど、似合ってない気がして恥ずかしい。

それなのに、紅さんも透子さんも相変わらずベタ褒めだ。

「かわいい～、抱きしめたい！　ドレスがシワになるから我慢するけど！」

「やっぱりうちの子が一番ね！」

本当に優しくて素敵な人たち。

いつか絶対に恩返しをするんだと、私は改めて思った。

パーティーの開場は午後四時からで、開始は五時から。

学校内にあるダンスホールに行くと、すでにたくさんの人が来ていた。

女子はきらびやかなドレスで着飾り、メイクもばっちり。男子はタキシードでビシッと決めている。大理石の床はシャンデリアの光に照らされてキラキラと光り、会場のいたるところに、色鮮やかなお祝いの花が飾られていた。

そんなに大きなホールじゃないから、入場できるのは生徒だけで、保護者には撮影した動画が後日に配られるみたい。

川合家の人たちに心配かけたくなくて、柊矢と別れたことは、まだ言えずにいた。だから動画を見たとき、柊矢じゃない人と踊っている私を見てびっくりするかも。

なんだか罪悪感が込み上げる。

ひとりポツンと立ち、カップルだらけのホールを見渡した。

だんだん不安になってくる。

青志くん、ちゃんとここまで来れるかな……。

青志くんは、ミゲリオ高等学園の場所も、ダンスホールの場所も知ってると言っていた。考えてみたら、部外者の青志くんがそんなことを知ってるのはおかしい。

もしかして、ダンスパートナーになるって言ったことも、社交ダンスが踊れるって言ったことも、すべてが嘘だった？

ううん、青志くんがそんなことするわけがない。

でも……もしも青志くんが来なかったら？

私はサアッと青ざめた。

さすがに本番で、ひとりでエア社交ダンスを踊るわけにはいかない。いざとなったら先生がパートナーの代理をしてくれるだろうから、今のうちに頼んでおいた方がいいかも。

すると、ホールがにわかに騒がしくなった。

「見て、佐渡くんと本木さん。なんてお似合いなの！」

「本木さん、なにアレ、かわいすぎない？」

どうやら柊矢と莉々が会場に入ってきたようだ。

莉々は、ベビーピンクのミニ丈のシフォンドレスを着ていた。蜂蜜色の髪はたくさんのピンク系の花で飾られていて、まるで花の妖精《ようせい》みたい。チーク濃いめの甘めなメイクが、童顔にぴったりだ。

柊矢も、普段は下ろしている前髪を後ろに撫でつけ、どこぞのジェントルマンかという雰囲気をかもし出している。一七五センチの柊矢と、ヒールを履いた一五三センチの莉々のバランスもちょうどいい。

一六八センチの私がヒールを履いたら、柊矢と同じくらいの身長になっちゃうんだよね。『栞は本当に背が高いな』と柊矢に苦笑いされた嫌な思い出が、頭の中をよぎった。それ以来、私はヒールが履けなくなって、今もぺたんこのパンプスを履いている。

柊矢の腕に腕をからませ、愛らしい笑顔で彼を見上げている莉々。柊矢も、そんな莉々をうっとりと見下ろしていた。

絵になるカップルに、会場中の生徒たちが見惚れている。

莉々が私の方を見た。不似合いな恰好でひとり佇《たたず》む私を見て、思わずというように、クスッと笑う莉々。もちろん、誰にもバレないように、したたかに。

ほかの生徒たちも、私がいることに気づき始めたようだ。

「見て、佐渡くんの元カノはひとりだよ」

「パートナーなしで参加してるってことか？　メンタルつよ」

「本木さんをいじめた罰だよ、いい気味～」

ヒソヒソと囁《ささや》かれる声が、まるでナイフのように胸に刺さる。

心ない声には慣れている私でも、信じていた青志くんに裏切られたのかもしれないとおびえている今は、さすがにこたえた。

開始時間の三分前になっても、青志くんは現れなかった。さすがに遅すぎる。

最初から私をだますつもりだったわけじゃなくて、きっと直前で嫌になったんだよね。

ダンスパーティーなんて、敷居が高いというか、普通は参加したくないもん……。

自分自身にそう言い聞かせ、どうにか気持ちを落ち着かせた。

またホールが騒がしくなった。柊矢と莉々が入場してきたときよりも、ずっとザワワしている。

何かがあったんだろうけど、今の私に確認している余裕はなかった。

とにかく、先生を捜さなきゃ。

ダンスパートナーの代理をしてもらわないと、本当にひとりでダンスを踊ることになっちゃう！

そのときだった。

「待たせてごめん」

後ろから、そんな声がした。

振り返った先には、この世のものとは思えない完璧なイケメンの姿。

アイドル顔負けの美顔に、一六八センチの私でも見上げるほど背が高い、抜群のスタイル。

引き締まった体にフィットした、ひと目でハイブランドのものと分かる黒のタキシード。黒い前髪を今日はいい感じに横に流し、生まれ持っての気品を前面に押し出している。

まさかの〝ミゲリオの帝王〟院瀬くんの登場に、私は面食らった。

人違いかなと思ったけど……。

「自分の彼女に声をかけて何が悪い？」

ええええ！　どういうこと？

「栞……すごくかわいい」

そう言って院瀬くんが鼻先を掻いた仕草が、瓶底眼鏡の彼の仕草とぴったり重なって、私は大きく目を見開いた。

「え？　もしかして……」

開いた口がふさがらなくなっている私を見て、本屋の青志くん――もとい院瀬青志は、ホール中の女子全員の息の根を止める勢いで、色気たっぷりに微笑んだ。

四章　まさかの契約期間延長です

「……青志くんなの？」

「ああ」

小声で聞くと、目の前の彼が微笑んだ。

「本当の本当に、本屋の青志くん……？」

「あれは仮の姿で、本当の姿はこれ」

シャンデリアの下に立つ彼の笑顔は、めまいがするほど優雅だった。

だけどたしかに目もとを隠せば、笑い方が瓶底眼鏡の青志くんそのもので。

そして眼鏡がなくても、ぜんぜん見えてそう。

そっか、院瀬くんの下の名前は青志だったんだ。だからどこかで聞いたことがある名前のような気がしたんだ。

「どうして本屋では、あんなふうに変装してるの？」

「俺の正体を、この学校の人間に知られたくないから。あの本屋を、騒々しい場所にしたくないんだ」

たしかに、院瀬くんが本屋でバイトしてるって噂になったら、女子たちが押しかけるに決まってる。好きな場所を守りたい青志くんの気持ちはよく分かった。

「……私にも正体を黙ってたのはどうして？」

ミゲリオ学園の部外者がダンスパートナーになるには、付き合ってないといけない。そんな特殊ルールのために、青志くんは私の偽装彼氏になると言った。だけど彼はそもそもミゲリオ学園の生徒なんだから、そんなまどろっこしいことをしなくてもよかったのに。

「俺の正体を知ってたら、栞はダンスパートナーになるのを断ってただろ？」

聞かれて、素直にこくりとうなずく。たしかに、院瀬くんと私なんて不釣り合いだと考えたと思う。

今だってそうだ。青志くんの正体を知って気後れしまくっている。

青志くんは、そんなにいろいろ考えてまで、ダンスパートナーを失った私を助けようとしてくれたんだ。大事な本好き仲間だから……。

彼の優しさに、胸がじいんとなる。

そんな私を、青志くんは優しい笑みを浮かべて見守っていた。

「見て、院瀬くんが笑ってる！」

「信じられない、まるで別人じゃゃん！」

周りがまたざわついている。言われてみれば、学校で青志くんが笑うところを見たことがない。

人を寄せ付けない、孤高の黒豹《くろひょう》みたいなイメージ。

だけど本屋の青志くんは、よく笑う。といっても静かに笑みを浮かべるだけだけど、私は近くで何度もこの笑顔を見てきた。

やっぱり、この人は青志くんなんだ。

でも、あの院瀬くんなのもたしかで、いまだに頭の中がこんがらがってる。

そうこうしているうちに開始時間になり、司会の先生が前に出てきた。簡単な挨拶のあと、順に生徒を紹介していく。

「麻宮凛音《あさみやりんね》さん。パートナーは二年生の米原翔《よねはらしょう》くんです。麻宮さんのご実家は茶道の家元で、我が校では茶道部の部長として活躍しています」

呼ばれたカップルが手をつないで登場し、拍手を浴びていた。

その後も、生徒たちが次々と名前を呼ばれる。

恵麻と紬もだ。恵麻はレモンイエローの膝下ドレスで、紬は青いマーメイドドレス。ふたりともすごくきれいだった。

柊矢と莉々のカップルも、盛大な拍手とともに紹介される。

だけど私は、元彼の存在を忘れるほど動揺していた。

「そういえば私、パートナーの申請してなかった……！」

ダンスパートナーを見つけることに必死で、うっかりしていた。

運営に私と青志くんがカップルだと伝わっていないわけだから、一緒に名前を呼ばれない可能性がある。

「大丈夫、申請なら俺がしといたから」

「え……？」

あ、そういえば。

――『院瀬くんが、事務室でダンスパートナーの申請してたらしいよ！』

そんな声をどこかで聞いたような。あれって私のことだったんだ……。

「ありがとう……」

ホッとした瞬間、急に心臓がドキドキしてきた。私たちの順番が、近づいてきているのを感じたからだ。

「栞、もしかして緊張してる？」

青志くんが言った。相変わらず、私の心の変化に敏感な人だ。

吸い込まれそうなほどきれいな琥珀色の目が、じっと私を見ている。瓶底眼鏡の奥で、いつもこんなふうに私を見てたんだ……。

「……うん、実は」

「大丈夫」

優しく手を握られた。

「俺がいるから。栞はただ、俺についてくればいい」

「……はい」

つないだ手のひらから伝わる青志くんのぬくもりに勇気づけられる。

そして、ついに私たちの名前が呼ばれた。

「院瀬青志くん、山那栞さん」

手をつないで前へと進む私たちに、今日一番の視線が集中する。

「院瀬くんのパートナーって、山那栞だったの⁉」

「しかも、さっき院瀬くんが彼女宣言したらしいよ……！」

「よりにもよって、どうしてあの眼鏡女なの？　ぜんぜん似合ってないんだけど！」

すると、心配ないとでも言うかのように、青志くんが握った手に力を込めた。

それだけのことで、私は無敵になれた気がした。

司会の先生が、まずは青志くんを紹介する。

「院瀬くんのお父様は、ＩＳＥグループの会長をされています。院瀬くん自身も昨年起業し、彼の経営する新しいビジネスモデルのネット書店は、国内新規ネット型企業ランキングにも名を連ねるほど話題になっています」

えっ、ネット書店の経営ってなに？

青志くんに驚きの目を向けると、すぐに答えが返ってきた。

「あの店はとりあえずの店舗で、基本的にはネットで事業を展開してるんだ。利益は上々だから、栞に本をプレゼントすることなんてわけない」

経営がヤバそうな本屋だと思ってたけど、実際は黒字だったらしい。そして青志くんはバイトではなく、まさかの社長だったらしい。

ポカンとしているうちに、今度は私のことを紹介される。

「山那さんはヤマナグループの初代社長のお孫さんです。最近まで本校の生徒会副会長として活躍されていました」

とたんに、ホール全体がこれまでにないほどざわついた。

「ヤマナグループって、あのJタワーやTスタジアムを建設したヤマナグループ？」

「めちゃくちゃお嬢様じゃん！　なんで庶民のフリしてんだ？」

私の裏事情を、なんで学校が知ってるの？

もしかして、ミゲリオ学園の創設者とおじいちゃんが、知り合いだから？

平然とした顔をしている青志くんは、わたしとヤマナグループに関わりがあることを、すでに知ってたみたい。

ＩＳＥグループの御曹司で、高校生ながら立派に会社を経営しているような人だから、情報網もすごそう。

紹介が終わったあとは、いよいよダンスタイムだ。

定番の社交ダンスを二曲踊り、最後は身を寄せ合うスローダンス。

友達カップルだとある程度の距離を取って踊るけど、本当のカップルだと分かりやすくいちゃいちゃしてる。

私と青志くんは、ダンスパーティー限定の偽装カップルだ。

だから距離を取ると思ったのに、なぜかふんわりと抱きしめられる。

青志くんの体温を全身に感じて、私は耳まで真っ赤になった。

「あ、青志くん。ちょっと、距離が近すぎるんじゃ……」

「ちゃんと踊った方が評価もよくなって、進学に有利になるはずだ」

「そうなの？」

それは知らなかった。でもやっぱり恥ずかしい……。

青志くんの息遣いまで感じて、呼吸のタイミングが分からなくなる。

「栞は細いな」

青志くんがしみじみと言った。

「……そうかな？　背が高いとはよく言われるけど」

自虐《じぎゃく》気味に笑う。中学校までは、私より大きい男子なんて数えるほどだったから。

すると、青志くんが頭上でポツンと言った。

「俺は好きだけど」

「え……？」

「背が高い子」

「そ、そうなんだ」

一瞬告白されたのかと思って焦ってしまった。

そんなわけないよね……！　図々しい勘違いにもほどがある。

スローダンスが終わり、青志くんの腕からようやく解放される。やっと十分に息を吸えるようになって、私はホッと肩の力を抜いた。

踊ってるときは緊張で気づかなかったけど、会場中の人が私たちを見ている。

莉々もだった。

顔色がかなり悪いけど、また体調不良かな……？

莉々の隣にいる柊矢と目が合う。怖い顔をされて、慌てて視線を逸らした。

生徒会の手伝いを断ったこと、まだ怒ってるみたい。

ダンスのあとは食事の時間だった。立食ビュッフェで、みんなパートナーや友達と一緒に楽しんでいた。その間も、青志くんはずっと私と一緒にいてくれた。

「ちょっと栞、びっくりしたよ！　なんで栞と院瀬くんがパートナーなの⁉」

青志くんが先生に話しかけられている間に、待ってましたと言わんばかりに、紬と恵麻が駆け寄ってくる。本屋の店員さんの正体が院瀬くんだったと話したら、ふたりとも驚いてしばらくポカンとしていた。

「あり得なさすぎて、理解が追いつかない……。でもまあ、栞ちゃんにパートナーがいてよかった！」

「うん。何はともあれ、安心した！」

「ありがとう、恵麻、紬」

まるで自分のことのように喜んでくれているふたりを、私は改めて大好きだと思った。


パーティー終了後、青志くんに車で家まで送ると言われ、さすがに遠慮する。

「ありがとう。でも紅さんが迎えに来てくれるって言ってたから、大丈夫だよ」

すると、「男子が女子を家に送り届けるまでがダンスパーティーだから」と強く言われ、断れなくなってしまう。結局私は紅さんに断りのメッセージをして、青志くんに家まで送ってもらうことにした。

「お疲れ様です、青志様」

黒い高級車に乗り込むと、運転席にいる男の人が後部座席を振り返った。

思わず「あ……っ！」と声をあげる。

この間の下校時、私のあとをつけていた黒スーツのお兄さんだったからだ。

「俺の執事の沢田だ。実は、いつも栞をこっそり見守ってもらってた」

「こっそり見守って……？」

「そう、心配だから」

鼻先を掻きながら、青志くんが続けた。

「あの日は栞がいつもの時間になっても本屋に来ないから、沢田に学校まで見に行かせたんだ。怖い思いをさせてごめんな」

「その節は、大変失礼いたしました」

沢田さんに頭を下げられ、私は慌てた。

「いえ、そんな……。謝らないでください」

あの日の真相を知ってホッとすると同時に、申し訳なくなった。

「青志くん。私のことなら、ほっといても大丈夫だったのに。襲われるようなタイプじゃないでしょ？」

おどけて笑ってみせる。

――『莉々のこと、心配だから送ってく。栞は襲われるようなタイプじゃないから、送らなくても大丈夫だろ？』

柊矢にそう言われて、傷ついたときのことを思い出したからだ。

――『栞はたくましいな。なんか男みたい』

『俺は莉々を手伝うよ。栞ならひとりでどうにかできるだろ？』

柊矢はいつも私をほったらかしにして、莉々を助けた。私は莉々とは違い、守られるような女の子じゃないんだって、だんだん自覚するようになった。

「は？　俺だったら真っ先に襲ってる」

「何言ってるの？」

冗談を言われ、笑い飛ばそうとした。

青志くんが眉をひそめる。

「もしかして、自分は守られるべきじゃないとでも思ってる？　そんなの間違ってる。強がらずに、ちゃんと守られてろよ」

心臓がドクンと跳ねた。胸が熱くなり、泣きそうになる。

私はたぶんずっと、柊矢がこんな言葉をかけてくれるのを待ってたんだ……。

莉々だけじゃなくて、私の弱いところにも、ちゃんと気づいてほしかった。

だけど気づいてくれたのは、柊矢じゃなくて青志くんだった。

うれしくて何も言葉が出てこない。青志くんは、黙ってそんな私を見つめていた。

車が発車し、窓の向こうの夜の街の景色が動き出す。静かな時間が流れていった。

沈黙を破ったのは青志くんだった。

「この間、願い事をひとつ叶えてくれるって約束したの、覚えてる？」

「……あ、うん。覚えてるよ」

「今、言っていい？」

「決まったの？　もちろん、いいよ」

気を取り直して、隣に座っている青志くんと向き合う。

すると青志くんが、まっすぐな目をして言った。

「彼氏のフリを、まだ続けたい」

「えっ」

驚いて、私は目を瞬いた。

「ダンスパーティーは、もう終わったのに？」

青志くんが彼氏のフリをすることになったのは、ダンスパートナーになるため。

その役目が終わった今、私と偽装カップルの関係を続けても、青志くんの負担になるだけだと思うけど……。

「残りの高校生活を、穏やかに過ごしたいんだ。そのために、栞が近くにいてくれたら助かる」

青志くんが、切実な声で言った。

なるほど、そういうこと……！

青志くんは学校で、常に注目を浴びている。登校しただけで黄色い声が飛び交い、カフェテリアに現れただけで大騒ぎになるほど。

告白もしょっちゅうみたいだし、絶対に落ち着いて過ごせていないと思う。

つまり、私を女避《よ》けとして利用したいようだ。

それなら喜んで協力するけど、偽装彼女なら、別に私じゃなくてもいいんじゃ？

「……どうして私なの？」

「栞は、俺に興味がなさそうだから。興味ありそうな子に頼んだら、あとで面倒なことになりそうだろ？」

偽装彼女じゃなくて本物の彼女になりたい、って頼まれたりとかかな。

「私、青志くんに興味がなさそうに見える？」

「じゃあ、興味あるの？」

色気たっぷりの笑みを浮かべられ、またドキリとさせられた。

どちらとも言えない。たしかに院瀬くんには興味なかったけど、青志くんにはあるから……。

答えられなくて、もじもじと下を向く。

「……でも私、評判悪いよ」

「評判とかどうでもいい。前も言っただろ？　栞が魅力的な女の子だってこと、俺は知ってるから」

自然と顔に熱が集まって、返す言葉を失う。

こんなの、断れるわけがない。

「分かった、いいよ。……その、いつまで？」

「……とりあえず、卒業までかな」

青志くんが、少し考えたあとでそう言った。

＊＊青志＊＊

家の中に入っていく栞を、車の中から見送った。

「出せ」

栞の姿が完全に見えなくなってから、沢田に指示をする。

動き出した車内で、にやける口もとを手で押さえ、歓《よろこ》びを噛みしめた。

「今日の栞、めちゃくちゃかわいかったな。そう思わないか？」

「私からはなんとも。どうお答えしようと青志様の不興《ふきょう》を買うように思いますので」

かわいいと言おうが言わまいが、俺の機嫌を損ねるってことか。

まあ、当たってるけどな。さすがは有能な執事だ。

「一緒にいる姿を学年中のやつに見せつけて、彼氏のフリを続ける許可ももらった。これで栞に手出しする男はいなくなるだろう」

――たとえば、元彼の佐渡柊矢のような。

沢田が、バックミラー越しに俺を見る。

「ところで、どうして交際しているフリを続けたいなどというややこしい提案をしたんですか？　素直に告白すればよかったものを」

「栞は俺のことを好きじゃない。告白しても困らせるだけだ」

「……経営に関しては天才なのに、恋愛に関しては凡人以下ですね」

「何か言ったか？」

「いえ、なにも」

運転に集中し始める沢田。俺は窓の外の景色を見ながら、物思いにふけった。

やっとここまできたんだ、強引なことをして壊したくない。

これからも少しずつ、時間をかけて、栞との関係を築いていきたい。

君がいつか、あいつに向けていたような笑顔を、俺に見せるようになるまで。

＊＊＊

私と青志くんは、卒業まで、偽装カップルの関係を続けることになった。

想定外の事態だけど、青志くんが望むなら全力で頑張りたい。

帰りのホームルームが終わるなり、教室の後ろの方が騒がしくなった。「キャーッ！」

という小さな悲鳴まで聞こえる。

見ると、青志くんが教室の入り口にいた。相変わらず人を寄せ付けない鋭い空気。だけど私と目が合うなり、柔らかい笑みを浮かべる。

「栞、一緒に帰ろう」

「う、うん」

下校時、青志くんは必ずこうして私を教室まで迎えに来るようになった。そのまま一緒に本屋に行って、本を読んで過ごし、家まで送ってもらうのが決まりだ。

「どうしてあんな性格悪い眼鏡女が、院瀬くんの彼女なの？」

「似合ってないし、だまされてる院瀬くんがかわいそう」

そんな批判はしょっちゅう耳にしたけど、直接何かを言われたりされたりすることはなかった。みんな、青志くんが怖いんだと思う。

私以外の生徒……特に女子には、青志くんはとことん冷たい。

〝ミゲリオの帝王〟特有の人を寄せ付けないオーラは、相変わらずすごかった。

――『子供の頃、何度も誘拐されかけたんだ』

前に、青志くんは私にそう打ち明けてくれた。家柄とその容姿のせいで、子供の頃は何度も危険な目に遭ったみたい。

人を信じられなくなるほど、つらかったんだと思う。

私が偽装彼女になることで、そんな青志くんの心の負担を減らせるならうれしい。


昼休み、購買の帰りに渡り廊下を歩いているときのことだった。

目の前に突然人影が差して、びっくりする。なぜか柊矢に通せんぼされていた。

「栞、ちょっといい?」

私はすぐに見構えた。

「……生徒会の仕事なら手伝わないから」

「そのことじゃない。いや、多少はあるけどそれよりも」

柊矢の顔は、心なしかげっそりしている。生徒会の仕事が大変なんだろう。

しょっちゅう休んだり泣き言を言ったりする莉々が、生徒会の仕事をこなせないだろうことは、予想できたけど。

柊矢は莉々にぞっこんだから、それでもよかったんじゃないの?

「院瀬と、いつから付き合ってるんだ?」

柊矢が低い声を出す。

持ち前の爽やかさが台無しになるくらい怖い顔をしていた。

「いくらなんでも、乗り換えるのが早すぎないか？　本当は俺と付き合ってるときから二股してたんだろ？」

軽蔑するような口調で言われて、私の中で何かがブチッと切れた。

自分のことを棚に上げて私を責めるなんて、信じられない。

それに私は二股なんてしていない。そもそも、本当に付き合ってるわけじゃない。

もちろん、柊矢に言うつもりはないけど。

「柊矢は、私にそんなこと言える立場じゃない」

怒りをどうにか押し殺し、そう答えるので精いっぱいだった。

「は？　なんだよそれ。とことん最低な女だな」

柊矢が声を荒らげる。

私はこの人の何が好きだったんだろう。今となってはさっぱり分からない。

文句を言いたい気分にもならなくて、ただただ縁を切りたいと強く思う。

無言で睨みつけると、柊矢がバカにしたような笑みを浮かべた。

「あのさ、栞。院瀬がお前に本気だと思うか？　どうせ、俺と一緒の理由でお前に近づいたんだ」

「……どういうこと？」

どうして柊矢が私に告白してきたのかずっと疑問だったから、少し興味が湧いた。

「俺は父さんに命令されて、仕方なくお前に告ったんだよ。父さんの狙いは金だったらしい。特別なルートから、お前が莫大な遺産を相続するっていう情報を入手していたんだ」

得意げに柊矢が言う。

「院瀬もそうに決まってるだろ？　じゃなきゃお前みたいな冴えない女と付き合うわけないじゃん」

ひどい捨てゼリフを残して、柊矢は私の前から去っていった。

渡り廊下に、ひとり呆然と立ち尽くす。

やっとしっくりきた。

柊矢が私に告白してきたのは、遺産目当てだったからなんだ……。

柊矢のことなんてもうどうでもいいはずなのに、なぜか傷ついている自分がいる。

ほんと私、バカみたいだ。

＊＊莉々＊＊

どうしてあの眼鏡女のパートナーが、院瀬先輩なの⁉

しかも付き合ってるって、嘘でしょ⁉

ダンスパーティーの日からずっと、わたしはイライラしっぱなしだった。

カフェテリアで女友達とランチ中の今も、心の中でイライラを引きずっている。

「ダンスパーティーも終わったし、次は文化祭かぁ。生徒会が文化祭の総括するんだっけ？　忙しいでしょ、莉々」

友達に話を振られ、わたしは作り笑顔を浮かべた。

「うん。でもみんなの役に立てると思ったら平気だよ」

「さすが莉々。見た目だけじゃなくて中身も天使」

周りの子たちが、いっせいにわたしをチヤホヤし始める。

実際は生徒会の仕事なんてほとんどしてないけどね。わたしは副会長になりたかったわけじゃなくて、佐渡先輩の彼女になりたかっただけだから。なんでこの私が、資料作成とか、先生に確認とか、地味な仕事をしないといけないのよ。

裏方なんかより、表に立って目立つ方が、かわいい私に向いてるに決まってる。

そもそも、今は佐渡先輩の彼女でいる意味もなくなった。だって院瀬先輩が本当に付き合いたいのは、わたしに決まってるもん。

わたしの気を引きたいから、あの冴えない眼鏡女と付き合ってるのは、もう分かってる。嫉妬させて、振り向かせようっていう作戦でしょ？

それを勘違いして調子に乗ってるなんて、あの女イタすぎる。今度こそ本当に痛い目に遭わせなきゃ！

「そういえば莉々。もちろん今年も出るよね、ミスコン」

「私はあんまり気が進まないんだけど、どうしてもって頼まれちゃって……」

本当は出る気満々だけど、恥じらうフリをする。ステージに立ったときに向けられる、みんなからの憧れの視線がたまらないのよね。

「やっぱ、そっかぁ。じゃあ私、エントリーするのやめとこ」

「莉々出るなら敵わないもんね。引き立て役になっちゃう」

みんなが口々に言った。

「そ、そんなことないよ」と困ったフリをしたけど、わたしは内心、まあそうだよねと納得する。それにしても、〝引き立て役〟っていい響きだわ。

そこでパッとひらめいた。

そうだ！　山那栞をわたしと同じ舞台に立たせて、恥をかかせればいいのよ！

わたしと山那栞どっちがかわいいかなんて、明らかだもの。それなのに山那栞の方がハイスペックの彼氏持ちなんてあり得ない。

舞台上でわたしたちが並ぶのを見たら、院瀬先輩も目を覚まして、わたしの気を引くために山那栞と付き合うなんていう、まどろっこしいことをやめるはず。

「どうしたの、莉々。ニコニコして」

「ちょっといいこと思いついちゃって」

「なになに？　佐渡先輩のこと～？」

「ふふ、秘密」

みじめな山那栞の姿を想像したら、楽しくて仕方がなくなっちゃった。

よし！　こうなったら、さっそく手を回さなきゃ！

＊＊＊

「栞ちゃん！　見ちゃったんだけど！」

十月も半ばを過ぎたある日、恵麻がテンション高めに話しかけてきた。透子さんの作ってくれたお弁当を食べていた私は首を傾げる。

「見たって、何を？」

「掲示板に貼り出されてた、文化祭のミスコン参加者のリスト！　栞ちゃんの名前見つけちゃった！　いつエントリーしたの？」

「栞、ミスコンに出るの⁉　ちゃんとすればものすごい美人なの、前から気づいてたからうれしい！」

紬も、ノリノリで話に乗っかってくる。

盛り上がるふたりの前で、私はひとり動揺していた。

「私、ミスコンにエントリーなんてしてないけど……」

「えっ⁉」

恵麻と紬が顔を見合わせた。

「どういうこと？」

「とりあえずミスコン運営の人に聞いてみようよ、栞ちゃん」

私たちは、さっそくミスコン運営委員長のところに行った。しっかり者っぽいショートカットの女子委員長に、パソコンでデータを確認してもらう。やっぱり私の名前はリストに載ってるみたい。

「どうして？　エントリーなんかした覚えないのに」

困惑していると、二年の委員長が思い出したように言った。

「そういえば、二年の本木さんが自分のとふたり分申し込んでいったわ。たしか山那さんに頼まれたって言ってた」

「なにそれ……」

私は唖然とした。

「本木さんが勝手にエントリーしたってこと？　どうして？　なんのために？」

恵麻が目を丸くする。

「栞と同じ舞台に立って、自分の方がかわいいアピールでもしたいんじゃない？　去年の優勝者だし、自信満々なんだと思う。めちゃくちゃ性格悪くない？」

紬が怒りながら推測していた。私もそんな気がする。

ずいぶん手の込んだ嫌がらせを思いつくものだ。

こんなことに手を回すくらいなら、生徒会の仕事、ちゃんとすればいいのに……。

とにかく、今ならまだエントリーを取り消せる。だけど委員長に伝えようとしたところ、紬にガシッと肩をつかまれ引き留められた。

「栞、キャンセルしちゃダメ！　この際出場して、あのぶりっこ女に勝とう！」

「ええっ……⁉」

「そうだよ！　栞ちゃんが本気出したら、あんな女、目じゃないよ！」

紬の無茶な提案に、なぜか恵麻もやる気を見せている。私は口をパクパクさせた。

冴えない私がミスコン出場⁉　ムリムリ、あり得ない！

それに、柊矢が遺産目当てで私と付き合ったと知ってから、私は今まで以上に自信をなくしていた。もともと自信なんてないようなものだったけど、さらに地の底に落ちている。

断りたくても、紬と恵麻はなぜか闘志に燃えていて、「打倒、本木莉々！」とか叫んでいた。そのうちふと、青志くんの言葉を思い出す。

――『栞は、そういう魅力的な女の子だよ』

そうだ……青志くんはそう言ってくれた。

青志くんの言葉はいつもストレートではっきりしている。そのせいか、どんな言葉よりも心に響くんだ。

私を期待の目で見ている恵麻と紬。

――『自分を見下すのは、自分を信じてくれている人たちに失礼だよ』

今度は【名探偵ピコ】の名ゼリフが頭によみがえった。

『私なんて何をやってもだめなんだから！』と卑屈《ひくつ》になっていたピコに、喋る黒猫ガブリエルがかけた言葉。繰り返し読んだはずなのに、今になってそのセリフが胸に染みる。

こうやって自分を見下して、隠れるように生きてるままじゃいけない。

私を認めてくれている青志くん、それから信じてくれている恵麻と紬のためにも、変わらなきゃ。

柊矢のせいで自信をなくしていたけど、柊矢と青志くん、どっちを信じるかっていったら絶対に青志くんだ。

胸の中で、ぐっと気持ちを切り替える。

「分かった。私、出てみる」

「ほんと⁉ やったぁ！ その意気だよ！」

「栞、頑張って！」

「うん。やれるだけのことはやってみる」

決意を固めると、恵麻と紬が手を叩いて喜んでくれた。

今までにないくらい、スッキリした気分だった。

五章　あなたが笑ってくれるなら

「ミスコンに出る⁉」

夕食時、川合家の食卓で、紅さんと透子さんが同時に叫んだ。

すぐに、大喜びしてくれるふたり。

「栞ちゃん！　よく決心したわ！」

「また私にメイクさせて！　絶世の美女にしてあげるから！」

「ワンワン！」

ウメコもその賑《にぎ》やかな雰囲気に大興奮して、足もとで尻尾を振っている。

「ありがとうございます、透子さん、紅さん。私、できるだけのことをします！」

目に決意をみなぎらせて言うと、ふたりがうれしそうに微笑んだ。

紅さんが張り切ったように声をあげる。

「よしっ、私も全力で協力するわ！　まずはコンタクトを買いに行くわよ！」

「はいっ！」

「それからジム通いも始めなきゃ！　私が通ってるとこ紹介してあげる」

「栄養管理なら任せて！　ミスコンまでは、お肌すべすべコラーゲンたっぷりメニューにするわ」

透子さんがわくわくしたように言った。

「睡眠も大事だぞー」

女性陣の勢いに負けじと、次男さんが話に入ってきた。

入浴後、さっそく紅さんにすすめられたシートパックをした。リビングのソファでウメコを撫でつつ時間が過ぎるのを待っていると、紅さんが隣に座ってくる。

「どう、そのパック？　私のイチオシなの。びっくりするくらい肌がスベスベになるわよ」

「はい、いい匂いだし気に入りました。紅さん、本当にいろいろとありがとうございます」

「いいのよ、かわいい栞ちゃんのためだもん。あとお礼を言うのはまだ早いわよ、勝負はこれからなんだから」

厳しいことを言いつつも、紅さんが私を甘やかすように頭をナデナデしてくる。

「ところで、あの引っ込み思案の栞ちゃんがミスコンに出るなんて、どういう心境の変化？　もしかして、ダンスパーティーの日に家まで送ってくれた彼の影響？」

紅さんが、興味津々といったふうに聞いてきた。

「えっ、見てたんですか……？」

「あんな高級車が家の前で停まったら、誰だって見るわよ」

紅さんがカラカラと笑った。

柊矢と別れたことをまだ報告していなかった私は、気まずい気持ちになったけど、私を見つめる紅さんのまなざしは穏やかだ。

「いつから付き合ってるの？」

「九月の中頃くらいからです」

「そっか、いい恋してるのね」

「え……っ！」

思いがけないことを言われ、声がひっくり返る。

「最近の栞ちゃん、目が輝いてるもん。シュウヤだったっけ？　前の彼氏のときはつらそうな顔してることが多かったから、心配だったんだ」

「紅さん……」

「栞ちゃんがいい彼氏に出会えたみたいで、お姉さんうれしい」

ぎゅっと抱きしめられた。紅さんは優しくて強い、私の憧れの人だ。

だけど紅さんが言うように、私は青志くんに恋してるわけじゃない。というより、本気で恋なんてしちゃいけない。

だって青志くんは、期間限定の偽装彼氏だから。

青志くんに恋したら、傷つくのが目に見えてる。

恋で傷つくのは、もううんざりなんだ……。

＊＊青志＊＊

栞はかわいい。

背が高くてスラッとして、白い肌はいい匂いのする真新しい本のページのよう。

特に好きなのが、真剣に本を読んでいる姿だ。眼鏡の奥の目が子供みたいにキラキラして、愛しくて仕方なくなる。いつまでだって見ていられた。

笑顔も最高だ。しかも最近は、よく俺に笑いかけるようになった。

栞が笑ってくれるなら、俺はなんでもできる気がする。

恋は盲目《もうもく》、と本で読んだことがあったけど、本当だったんだな。女を毛嫌いしていた自分が、まさかこれほど恋に夢中になるとは思いもしなかった。

人生というのは分からない。

放課後、いつものように栞を教室まで迎えに行って、一緒に本屋に向かった。

今日の栞は、なぜか緊張したような顔をしている。また何かあったみたいだな。

栞はつらいことがあっても、誰にも言わずにひとりで抱え込もうとするから心配だ。俺の力で、少しでも元気にしてあげたい。

「栞、今日はこっちに来てほしい」

本屋に着いてすぐ、俺は従業員用のドアを開けた。栞が戸惑った顔をする。

「私、そんなところに入っていいの？」

「大丈夫。見せたいものがあるんだ」

俺は栞の手を引き、ドアの先にある階段を上った。二階は書庫になっている。本棚に整然と並んだ大量の本を見て、栞が目を輝かせた。

「すごい！　奥にも、こんなに本があったんだね！」

「ああ、うちはネット販売が主体だから、店舗に置いてるのは厳選した本だけなんだ。あと栞に見せたいのはここじゃなくて、もっと上」

二階の真ん中にある、天井へとつながる階段を見上げる。

「え、これってもしかして、屋根裏部屋？」

「そう」

ふたりで階段を上り、屋根裏部屋に足を踏み入れた。

十畳ほどの空間には、アンティークの机と棚、チェック柄のロングソファー、猫脚のテーブルが並んでいた。壁には賢そうな黒猫の絵が飾られている。棚に並んでいるのは、方位磁石や虫眼鏡なんかの探偵グッズだ。

天井にある窓からは、夕暮れの光が差し込んでいた。

「これってもしかして、ピコの部屋……⁉」

栞が、驚いたように声をあげた。

「ああ、忠実に再現したんだ」

【名探偵ピコ】には、繰り返しピコの屋根裏部屋が登場する。秘密基地みたいなその部屋に、俺は子供の頃から憧れていた。きっと栞も好きだろうと思ったんだ。

「すごい、本物みたい！」

無邪気な笑みを向けられ、俺の表情筋がとろけそうになる。

細かいところまで頑張ってこだわった甲斐《かい》があった。

「すごいっ！　日記もちゃんと〝ピコの暗号〟で書かれてる！」

机に置いてあった日記帳を見た栞が、また声をあげた。

〝ピコの暗号〟とは、ピコが作中で使う独自の暗号だ。日記を書いたり、仲間に連絡したりするときに何度も出てくる。

「準備するの、大変だったでしょ？」

「そうでもないよ。大事な彼女を喜ばせるためなら、なんだってできる」

「……ありがとう」

栞が声を震わせ、じっと俺を見つめた。

眼鏡の奥に見えるきれいな目がうるんでいる。

――少しは俺を意識してくれただろうか？

そんなことを思いながら、手を伸ばし、その頰に触れてみた。

栞が、驚いたようにビクッと肩を揺らす。

できれば今すぐキスしたい。

だけどやってはいけないことだと分かっている。好きでもない男からのキスを、栞が喜ぶわけがないからだ。

でもやっぱり——キスしたい。

柔らかそうな唇に惹きつけられるように、栞に顔を近づけていた。

「あ、青志くん……？」

栞の声で我に返った。しまった、栞がかわいすぎて暴走しかけていた。

俺は急いで栞の頬から手を離す。栞はきょとんとした顔をしていた。

キスされそうになったなんて、思ってもいないんだろうな。

ホッとしたような寂しいような気分になった。

「栞、また何かあった？」

「え……？」

「なんとなく、そんな気がしたから」

「……青志くんは、人の心の変化に敏感だよね」

「そうかな」

違うよ、栞。栞だから、敏感になってしまうんだ。

そんなこと、今はまだ言うつもりないけどな。

すると栞が、思い切ったように顔を上げた。

「あのね、私、ミスコンに出ることにしたの」

「ミスコンって、文化祭の？」

俺は眉をひそめた。舞台の上で着飾って、愛想笑いを浮かべて、多くの人間に品定めされるあのミスコンか？

「そう。頑張るから、応援してほしい」

そう言った栞の声に、いつにない強い意志を感じた。本気でミスコンに挑みたいという気持ちが伝わってくる。

ミスコンに出たがるようなタイプじゃないのに、急にどうした？

そんなものに出たら、栞が大勢の男の目に晒《さら》されてしまう。

栞のかわいさがみんなにバレるから、正直に言うと出てほしくない。

だけどやる気になってる栞は、全力で応援したい。

俺は自分の醜い嫉妬心を、必死に抑えることにした。

「分かった。会場の誰よりも応援するよ」

「ありがとう、青志くん」

安心したように笑う栞を見ていると、またキスしたくなってくる。

ダメだ。耐えろ、俺。


翌日。体育の授業が終わり、教室に戻るために廊下を歩いていると、背中から「院瀬先輩」と呼ばれた。またか、と無視を決め込む。

声をかけられては自分勝手な思いを押し付けられるのには、もううんざりだ。人前で栞を彼女だと言ったのに、気にしてないのか？

自分勝手にもほどがあるだろ。

声をかけてきた女は、あきらめるどころか、わざわざ俺の前に回り込んできた。

「本当にごめんなさい！　悪気はないんです！　院瀬先輩に、どうしても伝えたいことがあって……！」

なぜか被害者のようなノリに呆れる。その顔を見てもっと呆れた。二年の、名前はなんだったたか。栞の元彼の今の彼女だ。

この女には、何度か声をかけられたことがある。純粋なフリをして目の奥が穢《けが》れている、俺の一番苦手なタイプだ。

「そこ、どいて」

俺は女を冷めた目で見下ろした。

「どうか聞いてください！　山那先輩と佐渡先輩のことなんです！」

この女の言葉にはまったく耳を貸すつもりはなかったが、栞と元彼の名前を聞いて気持ちが揺れる。俺の変化に気づいた女が、ここぞとばかりに畳みかけてきた。

「わたしこの間、山那先輩が佐渡先輩と仲良くしてるところを見てしまったんです。山那先輩、院瀬先輩と付き合いながら、佐渡先輩ともよりを戻そうとしているみたいなんです……！」

女が目をうるうるさせる。

「山那先輩は、ああ見えてすごく男の人が好きで、院瀬先輩のことを傷つけないか心配です……。私もふたりが一緒にいるのを見て以来、すごく傷ついて、佐渡先輩とはもう別れようと思ってるんです」

俺は心に寒々とした風が吹くのを感じた。

「で？」

「……はい？」

「だから何？」

「その……。私なら、院瀬先輩を傷つけるようなことは絶対にしません！」

何を思ったか、女が突然わっと泣き出した。ゴホゴホと咳き込んでもいる。

なんだ、そのしらじらしい涙とふざけた咳は。

「本木さん、大丈夫……⁉」

通りかかった二年の男たちが、焦ったように女に駆け寄っていた。

その濁《にご》った目を見れば本性なんてすぐ見抜けるのに、この男たちの目は節穴か。

俺はげんなりしつつ、女の前から早足で立ち去った。あんな不快な女には、二度と関わりたくない。

栞には、あの女をいじめた悪女というイメージがついている。

どうせあの女が、自分の欲を満たすために、嘘の噂を広めたんだろう。そしてさんざん栞を苦しめた。

――邪魔だな。

放課後まで待てず、俺は教室に戻ってすぐ沢田に電話をかけた。

《青志様。どうかされましたか？》

「本木莉々って女について調べてくれ。その女をこの学校から消すための情報が欲しい」

《かしこまりました。おまかせを》

通話を終えてから、俺は栞には絶対に見せない酷薄《こくはく》な笑みを浮かべる。

──かわいい栞につきまとう害虫は、一匹残らず駆除してやる。

＊＊柊矢＊＊

俺はいったい、こんなところで何をしてるんだ？

生徒会の仕事が大量に残っているうえに、やらなきゃいけない勉強も山積みで、出歩いている場合じゃないのに。

週末の繁華街《はんかがい》で、大量のショップバッグを持たされながら、俺は疲れて死にそうになっていた。

莉々がミスコン参加に必要なものを買いに行きたいと言い出し、朝から買い物に付き合わされているが、夕方になっても終わりそうにない。

「佐渡先輩、次はあの店に行ってもいいですか？」

「え、まだ行くのか？」

「ごめんなさい、体調が悪くなったときのために、ゆったりしたタイプのドレスも欲しくて……。ダメですかぁ？」

ケホケホと咳き込みながら頼まれ、つい「もちろんいいよ」と答えてしまった。

とたんに莉々は、飛ぶような足取りで高級ブランドショップの中に入っていく。

ていうか、さっきまで咳き込んでたのに元気だな⁉

しかも朝からずっと歩き通しだ。俺ですらヘトヘトなのに、莉々は疲れている気配がまったくない。

「体が弱いんじゃなかったのか……？」

莉々が体調を崩してばかりで、生徒会の仕事をろくにしないから、俺にツケが回ってきているというのに。

もしかして、病弱どころか普通より体力があるんじゃないか？

「しかもこれ、いくら払わされたんだ……」

肩にかけた大量のショップバッグを見て、ゾッとする。

——『欲しいものがあるなら、俺が買ってあげるよ』

そもそも、俺がそんなことを言ったのがいけなかった。

つつましい莉々のことだから、遠慮して買わないだろうと高をくっていたんだ。

それなのに莉々は、遠慮する素振りを見せつつ、バンバン買い物を続けた。よくそんなに買えるな？とドン引くくらい、それはもう盛大に。

これじゃあ、役に立たないくせに、金だけかかる面倒な女じゃないか。俺の中の莉々のイメージが、みるみる崩れていく。

そういえば、去年の誕生日、栞に婚約指輪を贈った。その店の中では一番安いものを選んだのに、栞はものすごく喜んでいた。

——『ありがとう。でも、こんな高級な指輪、もったいなくてつけれないかも』

そう言われたときは、なんてみみっちい女だと呆れた。

だけど今は、あの笑顔を思い出しただけで、なぜか胸がきゅんとなる。

結局、莉々にまたドレスを買わされた。

さらに増えたショップバッグにげんなりする。

「佐渡先輩、本当にありがとうございます。こんなによくしてもらったの、生まれて初めてです！」

目をうるませながらお礼を言われても、心身ともにヘトヘトで、なんの感情も湧かない。

そのとき、「キャン、キャン！」という犬の鳴き声がした。

ピンクのリボンをつけたチワワが、通行人が持っているゲージの中で吠えている。

「きゃあっ！」

とたんに莉々は悲鳴をあげると、俺に抱き着いてくる。大量のショップバッグも抱えているので、重くて倒れそうになった。

「どうした、急に」

「ごめんなさい！　わたし、犬が怖いんです！」

あんな小さな犬が？と呆れてしまう。高校生の彼氏に湯水のようにお金を使わす女の方が、よほど怖いだろ。

そういえば、栞は犬好きだったな。

俺たちには、トイプードルを飼っているという唯一の共通点があった。

俺はココアという名前の茶色のトイプードル、栞はウメコという名前の白いトイプードルを飼っていて、たまに写真を見せ合ったっけ。

栞はココアのことをかわいいと何度も言ってくれて、悪い気はしなかった。

見た目は冴えない女だったけど、犬の写真を見て喜ぶ姿は、ちょっとだけかわいいと思ったりもした。

心臓がわしづかみされたみたいにぎゅっとなる。

「先輩、さっきからぼうっとして、なんか変ですよ？」

莉々が、心配そうに顔をのぞき込んできた。

うるんだ瞳に長い睫毛《まつげ》。ドタイプな顔が目に飛び込んできて、あっという間に我に返る。

俺はなぜ、あんな地味女のことばかり考えてるんだ……？

くそ、どうかしてた。

生徒会では役に立たないし、金遣いも荒いけど、それでも莉々はかわいい。

栞よりもずっと、俺の彼女にふさわしい女だ。

「ごめん、なんでもない」

俺は平常心を取り戻し、いつもの爽やかな笑顔を浮かべた。

「疲れただろ？　そろそろどこかのカフェで休憩しないか？」

「はい！　先輩、優しい♡」

莉々が、とびきりかわいい笑顔を見せる。

周囲の男たちが、振り返ってまで莉々を見ていた。

そんな他人からの評価に、俺の自尊心がまた満たされた。

＊＊＊

文化祭当日。

ミスコンの控室で、私は紅さんにメイクを、透子さんにヘアセットをしてもらっていた。

「栞ちゃん、コンタクトの調子はどう？」

「まだちょっと違和感ありますけど、だいぶ慣れました」

「そっか、よかった。衣装に合わせて、清楚めのメイクにしたわよ」

紅さんが、鏡越しにバチッとウインクしてくる。

「あんた、そんなメイクもできたのね。本当に栞ちゃんに似合ってる。我が子ながら感心するわ」

私の髪を丁寧にブラッシングしながら、透子さんが言った。

「でしょ？　お母さん、やっと私の実力を認めてくれたわね」

楽しそうに会話しながら、ふたりが手際よく私を着飾っていく。

「はい、完成！　ちょっと立ってみて！」

最後に紅さんが言った。

紅さんと一緒に買いに行った、ブルーグレーのホルターネックドレスを着た私が鏡に映る。マキシ丈のシンプルなデザインなのに、体のラインがよく分かってすごく恥ずかしい。

ヘアスタイルは、一部を編み込みにした大人っぽいハーフアップで、控えめにパールで飾られている。鏡の中の私は、まるで私じゃないみたいだった。

「栞ちゃん、本当にきれい」

紅さんがうっとりしたように言った。

「毎日パックして、ジム行って、炭水化物控えて頑張ったもんね」

「ほんと、女優さんみたいよ。優勝は栞ちゃんで間違いなしね！」

まだミスコンが始まってすらいないのに、透子さんと紅さんが涙ぐんでいる。

「透子さん、紅さん。私なんかのためにこんなに協力してくれて、ありがとうございます」

ふたりの優しさが身に染みて、私ももらい泣きしそうになった。

「何言ってるの、家族なんだから当たり前じゃない！」

「ていうかメイクが崩れるから泣いちゃダメ、歯を食いしばって！」

はなをすすり上げていると、喝《かつ》を入れるように紅さんに背中を叩かれた。

お父さん、お母さん、そしておじいちゃん。こんなにも素敵な家族に出会わせてくれて、本当にありがとう。

そうこうしているうちに、聖ミゲリオ高等学園の文化祭名物、ミスコンがスタートした。出場者は全員、舞台裏へと移動する。

司会は、生徒会の竹田くんだ。竹田くんが順に名を呼び、出場者が舞台に出ていき、ウォーキングしたあと簡単な質問を受けるという流れ。新しい出場者が出るたびに、会場が盛り上がっている。

私の出番は最後から三番目。待ち時間が長くて、ただでさえ緊張してるのに、余計にドキドキする。カーディガンを羽織って舞台袖にスタンバイし、ひとり緊張と闘っていた。

舞台から、ひときわ大きな歓声が聞こえてきた。

「キャー！　アイドルみたい！」

「めちゃくちゃかわいいっ！」

舞台袖からそっと様子をうかがうと、莉々がいた。

レインボーカラーのミニ丈のシフォンドレス。ふたつのゆるふわのお団子に、色とりどりのリボンをたくさんつけて、ポップな雰囲気に仕上げている。

「今年も莉々で決まりかなー」

「莉々に勝てるわけがないよ。もともと私たちなんて引き立て役みたいなものだし」

舞台袖にいる出場者の女の子たちが、あきらめたようにおしゃべりしていた。

会場は異様なほど盛り上がっている。一番前の席で満足そうな顔をしている柊矢も見えた。

急に逃げ出したくなった。あんなかわいい莉々に、私なんかが勝てるわけがない。

恥をかくのが目に見えてる。

私に向けられる観客の冷たい視線を想像して、体をブルリと震わせた。

莉々の出番が終わり、ひとりまたひとりと、出場者が舞台に出ていく。

体の震えはなかなか止まってくれない。どうしてミスコンへの挑戦なんか決めたんだろうと、今になって後悔したりもした。

これ以上傷つきたくない……。

――『栞は、そういう魅力的な女の子だよ』

だけど、記憶の中の青志くんの声を思い出し、ハッと目を覚ます。

そうだ、私は青志くんを信じる。

青志くんがいるなら、きっと頑張れる。

「十一番、三年生の山那栞さん」

舞台にある大型スクリーンに、私の名前が映し出された。

私はカーディガンを脱ぐと、迷いなく立ち上がった。

堂々と背筋を伸ばし、ヒールを履いた足を前に出して舞台を目指す。

「え？　山那栞って、あの冴えない山那栞？」

「どうしてあんな女がエントリーしてるの？　佐渡先輩にフラれておかしくなったのかな？」

「院瀬くんと付き合えて、調子に乗ってるんじゃないの？　院瀬くんがあんな子好きになるわけないし、絶対裏があるのにね～」

心ない声が聞こえたけど、気にしないようにした。

舞台に出たとたん、まぶしい照明の光に照らされる。

観客席が怖いくらいに静まり返っていた。

さっきまでザワザワしてたのにどうして……？

司会の竹田くんまで、まるで幽霊《ゆうれい》に出くわしたかのような顔をしている。

たくさんの人の目が、いっせいに私に向けられていた。

まぶしい光の中で、私はひとりぼっち。

「……！」

とたんに雪崩《なだれ》のように緊張が胸に押し寄せてきた。

ドクンドクンと心臓が大きく鳴り、脚が震える。

笑わないといけないのに、顔の筋肉が強張《こわば》ってまったく笑えない。

どうしよう、やっぱり怖い……。

だけどそのとき、会場の隅に立っている彼の姿が目に飛び込んできた。

人より高い身長に、遠くから見ても分かるきれいな顔立ち。

青志くんだ。

目が合うと、青志くんは優しく笑いかけてくれた。いつもの本屋さんで、私たちが大好きな本の話をしているときと同じように。

とたんにホッとして、みるみる勇気が湧いてくる。

青志くんが私の味方でいてくれるなら大丈夫だ。

青志くんだけじゃない。

紅さんに透子さん、紬に恵麻も、私を応援してくれている。

私のことをよく知らない人の非難の声や冷たい視線なんて、どうでもいい。

私は気持ちを改めると、笑顔を浮かべ、まずは舞台をウォーキングした。紅さんと繰り返し練習したおかげで、なんなくできた。

「三年の山那栞です」

胸を張って、堂々と名前を言う。会場内はいまだにひっそりしていた。

ドクンドクンという、自分の心臓の音だけがやりに耳に響く。

だけど数秒後、会場全体が一気に騒がしくなった。

「えっ、あれが山那さん⁉ 嘘でしょ！」

「うっそ、別人みたい！ ていうか、めちゃくちゃスタイルよくない？」

「やば。すっげえかわいい……」

今までにないほどの盛り上がりを見せる会場。予想外の反応に戸惑いつつも、私はどうにか平常心を保った。

次は、質疑応答だ。

「山那栞さんの趣味はなんですか？」

「読書です。児童文学が特に好きです」

「学校で一番頑張っていることは？」

「勉強です。休みの日も欠かさずしてます」

「将来、どんな職業に就《つ》きたいですか？」

「まだはっきりとは決めてないですが、できれば本に関わる仕事がしたいと思っています」

質問に答えている間も、会場内はザワザワしっぱなしだった。

最前列にいる柊矢の姿が視界に入った。なぜか口をポカンと開けた間抜け顔で私を見ている。

最後に礼をすると、客席から割れんばかりの拍手が響いた。

「すごい、かわいい！　ていうかきれい！」

「山那栞がこんなに美人だったなんて！　眼鏡はカモフラージュだったのか！」

「これは優勝なんじゃない？」

想像もしていなかった状況を、いまだに受け入れられずにいる。

だけど、だんだんうれしくなってきた。

紅さんと透子さんが、頑張って私をきれいにしてくれたおかげだ。

すべての出場者の出番が終わった。

審査員たちが真剣に話し合っている様子を、舞台に並んだ出場者全員で見守る。

会場にいるすべての人が固唾《かたず》を呑んでいた。

審査結果が出たようだ。司会の竹田くんが、審査員席から紙を持って戻ってくる。

簡単な前置きのあと、竹田くんがついに声を張りあげた。

「優勝は――」

紙を開き、中を確認する竹田くん。

不気味なくらいに静まり返った会場と、出場者全員から漂う緊迫感。

「――山那栞さんです！」

竹田くんの声が、会場いっぱいに響き渡る。

驚きのあまり、私は膝から床に崩れ落ちそうになった。

＊＊青志＊＊

ブルーグレーのドレスを着た栞が、舞台上で震えていた。両手で口を覆い、今にも泣きそうになっている。

抱きしめたいと心から思った。

栞は決して強くなんかないんだ。抱きしめて、守って、安心させてやりたい。

背中まで伸びた艶やかな黒髪に、白い肌。そして、透明感のある顔立ち。

そんな奇跡みたいにきれいな栞に、観客たちが見惚れている。

顔を赤くしている人、口を開けている人、ひたすら凝視している人。

この会場中の人間が、栞の虜だった。

栞のかわいさが、ついにこの学校の人間にバレてしまった。こうなったからには、今すぐここにいる全員に見せつけないといけない。

――山那栞は、俺のものだということを。

優勝の花束を持った小太りの理事長が、壇上に向かっている。俺は急いで彼に近づいた。

「その花、俺から優勝者に渡していいですか？」

「へ？　い、院瀬くん？」

理事長が、俺に驚きの目を向ける。

俺は今まで、こういった行事にとことん参加してこなかった。ポカンとした理事長の顔が、いったいどういう風の吹き回しだ？と言っている。

だけど理事長は、すぐに満面の笑みを浮かべた。

「もちろんだよ！　君もついに、我が学園の行事に興味を持ってくれたんだね。うれしいよ！」

速やかに花束を渡された。耳もとで「どうか今後も寄付の方をよろしくと、お父さんに伝えておいてくれ」と囁きながら。

「はい。伝えておきます」

俺はにっこりとよそいきの笑みを浮かべると、花束を抱え、壇上に上がった。

客席がよりいっそう騒がしくなる。

「キャー！　見て！　花束贈呈《ぞうてい》は院瀬先輩からみたいよ！」

「毎年理事長じゃなかったか？　どうして今年だけ違うんだ？」

「やばい！　舞台で見ると、いつもよりさらにかっこいい……！」

雑音の中、一歩一歩、彼女の方に近づいた。

栞は、何が起こっているのか分からないというような顔で、俺を見ている。

「栞、おめでとう」

花束を差し出すと、栞が放心したように受け取った。

その目から、涙がポロポロとこぼれ落ちていく。

顔をゆがめ、「ごめんなさい……」と弱々しく謝る栞。

「なんか、青志くんの顔見たら、安心しちゃって……」

その瞬間、俺は我慢できずに、花束を持った手を栞の背に回してガバッと抱きしめていた。

「キャアアアァァァーーッ!!」

けたたましい悲鳴が、会場いっぱいに響き渡った。

ちょうどいい、これで栞が俺のものだと知れ渡ったはずだ。

特に、一番前で呆けたように俺たちを見ている佐渡柊矢に。

「あ、青志くん……」

俺の腕の中で、栞が耳まで真っ赤になっている。

本当にかわいい。

俺は栞の赤くなった耳に唇を寄せると、彼女にだけ聞こえるように囁きかけた。

「言っただろ？　栞は魅力的な女の子だって」

——古本屋で見つけた、大事な大事な、俺だけの秘密の女の子。

視界の隅に、青ざめた顔をしたあの女の姿が映る。しつこく言い寄ってきた、あの名前を覚えられない不快な女だ。

唇を食《は》んで震えているその女を、とどめのように睨みつける。

その汚い手が、もう二度と、栞のきれいな心を傷つけないように。

＊＊柊矢＊＊

誰だ、あのめちゃくちゃきれいな子は。

あんなきれいな子、今まで見たことがない。

会場の最前列で、俺はショックのあまり動けなくなっていた。

美人女優顔負けの顔立ち、スラリとした体つき、清楚なのにどことなく色っぽい雰囲気。

ほかの出場者とはレベルが違う。

平凡な人間の中に、崇高《すうこう》な女神がまぎれ込んでいるみたいだった。

あれがあの冴えない眼鏡の栞だって？　嘘だろ!?

しかも今、栞は院瀬青志に抱きしめられている。

そのせいで、会場内は女子たちの我を忘れた悲鳴に包まれていた。

院瀬が栞の耳もとで何か囁いたとたん、彼女がみるみる顔を赤くした。

白い肌が朱色に染まるのを見て、胸にズキンと痛みが走る。

なんで今、栞はあの男に抱きしめられてるんだ？

――あの女は、俺のものなのに。

栞はずっと、俺だけを見ていた。尽くすのも、笑いかけるのも、俺にだけだった。

これまでずっと冴えない栞の相手をしてきたのは、俺なんだ。

それなのにきれいになったとたん横取りするなんて、許せない。

皮膚に爪が食い込むほど、きつく手のひらを握りしめる。悔しくて悔しくて、どうにかなりそうだった。

すると、院瀬とバチッと目が合った。まるで挑発するように、口角を上げられる。

なんだコイツ、かっこよくて金持ちだからって調子に乗るなよ……！

「うわーん、佐渡せんぱぁい！」

イライラしたまま控室に莉々の様子を見に行くと、いきなり泣きつかれた。

「絶対にわたしが優勝だったのに、何かがおかしいです！　山那先輩のことだから、審査員を体で誘惑して、審査をねじ曲げたに違いありません！」

俺は莉々への気持ちがみるみる冷めていくのを感じた。

いや、誰の目から見ても栞の圧勝だっただろ。

控室にいるほかの女子たちも同意見なのか、無様にわめく莉々を、ドン引いた目で見ている。院瀬と一緒に会場にでもいるんだろう。

あのきれいな栞が院瀬に笑いかけてる姿を想像しただけで、悔しさからめまいがした。

「先輩、生徒会長の力で、山那先輩の不正を正してください！　先輩も知ってるでしょ？　山那先輩が、わたしをいじめてたこと！　山那先輩は、そういう人なんです！　私が佐渡先輩と付き合ったことを根に持って、意地悪したに違いありません！」

泣き叫ぶ莉々に、しらけた目を向ける。

俺の反応が予想外だったのか、莉々が驚いたような顔をした。急にゴホゴホと咳き込み始める。

「ゴ、ゴホ……！　ゴホゴホッ！　無理したから、体調が悪くなってしまったようです……」

しおらしい声を出されたが、それがすでに演技だと知ってる俺の心はピクリとも動かなかった。それによく見るとこの女、まったくかわいくないな。

透きとおるような栞のきれいさを目にしたあとだと、醜さがよく分かる。

特に、その目。よく見ると濁っていて、性格の悪さがにじみ出ていた。

考えてみれば、莉々が栞にいじめられている現場を、俺は一度も見たことがない。

莉々の言い分をまるまる信じただけだ。

だけど莉々の性悪な本性に気づいた今は、はっきりと分かった。栞にいじめられた云々の訴《うった》えは、ぜんぶこの女のでっち上げだったんだ。

栞から俺を奪いたかったんだろう。なんてことをしてくれたんだと、心の底から怒りが込み上げる。

おかげで俺は、あんなにも美人で資産家の彼女を、みすみす失う羽目になったじゃないか！

――ドン！

怒りが収まらなくなり、俺はついに莉々を突き放した。

「別れよう」

「え……？」

涙でメイクがボロボロになった顔で、莉々がポカンと俺を見た。だけどすぐに、ふんわりとした笑みを浮かべる。

天使みたいだといつも思っていたその笑顔は、よく見ると、寒気がするくらいの偽物だ。

「……冗談ですよね？」

「もううんざりなんだ。生徒会では仕事をしないし、やたらと金がかかるし」

吐き捨てるように言うと、莉々がサアッと青ざめた。

だけどすぐに、また「ゴホッ、ゴホッ！」と咳き込み始める。

「発作が……！　ずっと立ちっぱなしで、体力が限界みたいです……！」

よろめいて、俺の胸に倒れ込もうとした莉々を、またドンッと突き放した。

体力が限界と言うわりに、莉々はしっかり足を踏ん張って、倒れるのを防いでいた。呆れてため息しか出ない。

「か弱い演技も、もううんざりなんだ。体が弱いやつが、朝から夕方まで休憩なしに買い物できるわけがないだろ？」

莉々が、ギクッとした顔をする。

「え、なに？　本木さんのあれって、演技だったの？」

「うそ？　じゃあ、山那先輩にいじめられたって言ってたのも、怪しくない？」

そんなヒソヒソ声が周りから聞こえて、莉々が顔をひきつらせた。

ほんと救いがないな、この女。

「とにかく俺たちの関係は今日で終わりだから。生徒会にも、もう二度と来るな」

俺は最後に莉々に念を押すと、控室をあとにした。

通路を歩きながら、真剣に考える。

莉々にはすっかりだまされていた。栞だって、院瀬にだまされてるに決まってる。

さっき見た、院瀬の挑発するような笑みを思い出し、はらわたが煮えくり返った。

巨大企業の御曹司の考えることだ、何か策略があって、栞に近づいたんだろう。

今からでも遅くない、栞を取り戻そう。栞は本当のところは俺にぞっこんなんだから、必ず戻ってきてくれるはずだ。

やっと気づいたよ。

俺のそばにいるべきなのは、やっぱり栞なんだ。

六章　とっくに恋でした

「栞ちゃん、すごいすごい！　優勝おめでとう！」

「栞、本当の本当にきれいだった〜！　素材がいいから、絶対に化けると思ってたんだよね！」

　ミスコン終了後、恵麻と紬が駆け寄ってきた。

　会場にはまだたくさんの観客や出場者が残っていて、ザワザワしている。

「栞ちゃん、圧勝だったわよ！　観客のあの表情、見物だったわ〜！」

「おめでとう！　さすがうちの娘だわ！」

　紅さんと透子さんも、大興奮だった。

　それからはもう、写真を撮られたり、抱きしめられたり、みんなにもみくちゃにされた。私の優勝をこんなにも喜んでくれる人たちがいて、本当に幸せだ。

　泣きそうになっていると、近くで私を見守ってくれている青志くんと目が合った。

　そのまなざしがあんまり優しいから、私はますます泣きそうになる。

　みんなが、ハッとしたように青志くんに顔を向けた。

「じゃあ、私と恵麻はそろそろ行くね。文化祭、まだほとんど回れてないんだ。栞、明日いろいろ話聞かせてね！」

「私とお母さんも、もう行くわ。栞ちゃん、今日は少々帰りが遅くなっても大丈夫だからね！」

素早く、みんなどこかに行ってしまった。

呆気に取られていると、いつの間にか隣にいた青志くんが声をかけてくる。

「これから、一緒に文化祭見て回らない？」

なんか、異様に距離が近いような。さっき舞台上で抱きしめられたことを思い出し、今さらのように顔が熱くなった。

「う、うん、いいよ。その前に着替えてくるね」

恥ずかしさからひとまず青志くんから逃げようとしたとき、人混みを掻き分けるようにして、莉々がズンズンと私たちの方に近づいてきた。

「山那先輩！　いったいどんな卑怯《ひきょう》な手を使ったんですか⁉」

いつも天使みたいに愛らしい莉々が、こんなに怒っているのを見るのは初めてだ。泣いていたのか、マスカラがにじんでパンダみたいな顔になってる。

「卑怯な手って、なんのこと？」

「とぼけないでください！　審査員を買収して、優勝したんですよね⁉　ドレスのおかげでたしかに前よりは見栄えよくなってますけど、やっぱりわたしの方がかわいいじゃないですか！　それなのに優勝って、おかしくないですか⁉　みんなそう思ってますよ！」

そんなに怒ったらまた発作が起こるんじゃないかと心配になるくらい、莉々の勢いはすごかった。まるで、人が変わったみたいだ。

そして、何を言ってるのかさっぱり分からない。

「佐渡先輩にも別れようって言われるし、いったいどうやって言いくるめたんですか！　わたしをどれだけ苦しめたら気が済むんですか⁉」

莉々の声が大きいせいで、あっという間に注目を浴びる。

「え、何もめてるの？」

「また山那さんが何かしたの？　ひょっとしてミスコンもやらせだったとか？」

そんな声に、背筋がヒヤリとした。

大勢の視線が、肌に刺さる。

生徒会メンバーが全員いる中でフラれた、あの日の光景によく似ていた。

「あ……」

急に怖気づいて、逃げ出したくなった。

だけど、ぐっとこらえる。

今の私は、今までのやられてばかりの私じゃない。

紬と恵麻、紅さんと透子さん、そして青志くんが私に勇気をくれた。

――もう、逃げたりしない。

静かに息を吸い込み、スッと背筋を伸ばす。もう怖くはなかった。

「言いがかりはやめて」

ヒールをしっかりと床につけて、莉々をまっすぐ見つめる。

「私は自分の力で勝ったし、あなたをいじめたことも一度もない。あなたが嘘をついて、勝手にひとりで騒いでるだけじゃない」

「な、なによ……」

急に態度を変えた私を見て、莉々がひるんだ顔をする。

こうやって見下ろすと、本当に小さい子だ。

私はどうして、こんな人のされるがままだったんだろう？　バカバカしくなってくる。

すると、手のひらが大きなぬくもりに包まれた。青志くんが、手を握ってくれている。顔を上げれば、いつもの優しい笑顔。

「よく言えたな、栞」

もしかしたら青志くんは、あえて助けずに、私が莉々に反論するのを待っていたのかもしれない。

ひとりでも前に進めるように。自分の力で、ちゃんと地に足をつけていられるように。

自分でも知らなかったような感情に、心の奥が震える。

気にかけて守ってくれるだけじゃない。

私のために、背中からそっと後押ししてくれる人。

私のことを、本当の意味で大事に思ってくれている人。

この世に、こんなにも私のことを考えてくれている人が、ほかにいるだろうか？

「青志くん……」

「院瀬先輩!!」

莉々が叫んだ。

「目を覚ましてください！　私は嘘つきなんかじゃありません！　こんな女にだまされないでください！」

この期《ご》に及んでしぶとい莉々。

青志くんはなぜか、うっすらと微笑みながらそんな莉々を見ていた。

「それなら、だましてるのはどっちか、今ここで証明しよう」

青志くんがおもむろに片手を挙げた。

それを合図にしたように、会場の照明が落とされる。

「えっ、なに？　急に真っ暗！」

「またなにかイベントが始まるのか？」

会場中が騒然とした。

舞台上の大型スクリーンに、パッと映像が映し出される。

ＳＮＳの投稿画像みたい。【ユリ】というアカウント名を、端の方に確認できた。

《Ｙ先輩にいじめられるって嘘ついたら、おもしろいくらいにみんな信じるんだけど。眼鏡ブス女、ちょろすぎない？　Ｓ先輩もわたしに夢中だし》

なにこれ？

誰の仕業《しわざ》だろうと後ろを振り返ると、黒スーツの男の人がプロジェクターを操作していた。

どうして沢田さんが、こんなところにいるの⁉

その謎のアカウントの投稿画像は、次から次へとスクリーンに映し出されていく。

内容は、だいたいY先輩の悪口だった。

スムージーを手に持っている画像が映ったとき、誰かが声をあげた。

「あっ、あのウサギのチャームがついてるバッグ、莉々のと一緒だ！」

とたんに、会場内がザワザワする。

「私も見たことある！」

「バッグだけならともかく、チャームまで一緒って、もう決定じゃん。これ、莉々のアカウントだよ」

「もしかして、Yは山那さんのことで、Sは佐濵くんのこと？　じゃあ、山那さんにいじめられてたっていうのは、ぜんぶ本木さんの嘘だったの？」

「莉々って、英語にしたら百合の花って意味だもんね。【ユリ】っていうアカウント名にしたのも納得できる」

莉々は震えながらスクリーンを見つめていた。何が起こっているのか分からず、放心状態のようだ。

《今日も違う人とデートしちゃった。明日はまた違う人と会う予定♡　S先輩には悪いけど、彼氏一筋って性に合わないのよね。I先輩が彼氏なら浮気しない自信があるけど、S先輩レベルじゃ無理。ワタシってツミナオンナ……(*ˊᵕˋ*)❤》

そんな投稿が映ったとき、誰かが叫んだ。

「あの絵文字、莉々がよく使うやつだ！」

「I先輩って、院瀬先輩のことかな？」

「ていうことは、莉々は浮気常習犯ってこと？」

隣にいる青志くんをチラリと見ると、なんだかとても楽しそうな顔をしていた。

これ、沢田さんが絡んでる時点で、絶対に青志くんが仕組んだことだよね？

「こ、こんなの、でっち上げだわ！」

莉々が大声でわめいた。

「みんな聞いて！　私はハメられてるの！　SNSの投稿なんて、簡単に偽装できるの知ってるでしょ⁉」

すると、「ちなみにですけど〜」と人混みの中から声がした。

手を挙げている茶髪の彼は、たしか二年の小塚くんだ。紬が、私のダンスパートナーになってと頼んで断られた人。

「僕も本木さんとデートしました。佐渡先輩と別れて僕と付き合うって言うから待ってたけど、最近僕のこと無視してるんで告発します。僕も山那先輩と同じく、ハメられたんだと思います」

被害者の生の声が出てきたことで、莉々の罪がよりリアルになった。

会場にいる生徒全員が、莉々に非難の目を向ける。

「つまり、山那先輩にいじめられたっていう莉々の証言は、ぜんぶ佐渡先輩を奪うための嘘だったってことなんだね。しかも莉々は浮気しまくってて、おそらく本当は院瀬先輩狙い」

「うわぁ……、純粋なフリして、やることえっぐ！」

「さっき山那先輩に詰め寄ってたゴリラみたいな態度が本当の姿なんだよ！」

「信じられない、サイテー」

底冷えするほど冷たい視線が、いっせいに莉々に向けられた。

莉々はすっかり顔の血の気をなくしていた。そして、さすがにもう言い逃れできないと気づいたようだ。無言のまま、じりじりと後ずさりを始める。

やがてくるりと踵《きびす》を返し、逃げるように会場から走り去った。

莉々のいなくなった会場内に、気まずい空気が流れる。みんなが申し訳なさそうに見ているのは、私だった。

「山那さん、ごめんね……」

「本木さんの言い分だけを信じたこと、反省してる」

「本当にごめん、つらかったよね」

重なるようにして、次々と謝られた。

「あ、うん……。もう大丈夫」

今までさんざんひどいことを言われてきたのに、急に態度を変えられても困る。でも、本当のことを知ってもらえたのはうれしい。こんな機会でもないと、たぶん私は永遠に泣き寝入りしていた。

「青志くん、ありがとう」

隣にいる青志くんにお礼を言う。

「バレてた？」

「沢田さんがいるんだから、バレバレだよ」

思わず笑えば、青志くんが自分の鼻先を掻いた。

「……栞のためっていうより、自分のためにやったことだから、気にしないでいい」

照れ隠しのように赤い顔を背けつつ、青志くんが手を差し出してくる。

「そろそろ、文化祭回りに行こうか」

「うん」

迷わずその手を取ると、青志くんが優しく引いて歩き出す。私の一歩前を行くその背中を見ているだけで、たまらなく安心した。

つないだ手のひらを異様に熱く感じて、胸のドキドキが止まらない。

どうしよう、気づいてしまった。

──私、青志くんのことが好きなんだ。

柊矢のときとは、比べものにならないほど。今にして思えば、柊矢への気持ちなんて大したものじゃなかった。

自分の存在価値を求めていただけ。柊矢といて、こんなふうに安心したり、ドキドキしたりすることなんてなかった。

それに、こんなにも切なく胸がうずくことも……。

青志くんと手をつないで廊下を歩きながら、うつむく。

私が契約彼女だから、青志くんはこんなにも優しくしてくれる。私のことを好きなフリをしているだけであって、本当に好きなわけじゃない。

この関係は高校卒業と同時に終わりを迎え、私たちは本屋さんとお客さんというもとの関係に戻る。

だから、青志くんのことを好きになっても傷つくだけだって分かってたのに……。

どうしよう。

もう、後戻りなんてできないよ。

柊矢と莉々は、ミスコンの日に別れたらしい。

浮気常習犯だとみんなに知られた莉々は、学校に居場所をなくした。陰口を言われたり、冷たい目を向けられたり、まるで今までの私を見ているみたいだった。

仲のいい友達でさえだましていた莉々には、私にとっての恵麻や紬みたいな存在はいなかったんだと思う。完全に孤立し、文化祭の翌週には、逃げるようにしてミゲリオ学園から転校してしまった。

ミスコンから二週間が過ぎた、十一月中旬のある朝。

洗面所で髪をブラッシングしていると、紅さんが後ろから抱き着いてきた。

「莉々ちゃん、おはよ！　そういえば、眼鏡完全にやめたのね。ん～かわいい」

「はい。コンタクトに慣れたら、眼鏡の方が違和感覚えるようになって」

「そっかそっか。だけど帰り道で変な男に声かけられても、ついて行っちゃダメよ。そんなときは電話してくれたら、私がすぐに撃退しに行くからね！」

紅さんは、今日も朝から元気だ。

「そうそう栞ちゃん、これ渡しとくわね」

すると、いきなりポケットからお金を取り出し、手渡される。それもけっこうな金額……！

「このお金、どうしたんですか……!?」

「ゴミ箱に捨てられてた指輪よ」

「あ、もしかして」

ミスコンのあと、私はついに柊矢にもらった婚約指輪を捨てた。弱かったあの頃の自分とお別れする、儀式のようなかんじで。

「あれって、元彼からもらったものだったんでしょ？　捨ててぜんぜん構わないんだけど、お金にしとけば今後何かの役に立つと思って、売っといたから」

今日も完璧にメイクした顔で、バチッとウインクをされる。

さすが紅さん、ぬかりがない！

「それは思いつきませんでした。紅さん、ありがとうございます」

「元彼のものを売るのは常識よ。賢く生きてね、栞ちゃん」

「はい、覚えておきます」

とりあえず、お金はありがたくいただくことにした。このお金で、今度川合家の人たちにプレゼントを買おう。

「ところで栞ちゃん、今のイケメン彼氏とは順調？」

食卓についたところで紅さんにそんなことを聞かれ、心構えをしていなかった私はたじろいだ。

そういえば舞台上で青志くんに抱きしめられたところを、紅さんにも透子さんにも見られてたんだった！　今さらのように、顔がカアッと赤くなる。

「はい、それなりに……」

「彼氏、栞ちゃんにぞっこんって雰囲気だったわよね。栞ちゃんをとられて悔しいけど、いい人そうだから許すわ」

「栞ちゃん、新しい彼氏、今度うちに呼んだら？　張り切ってごちそう作るから」

お皿洗い中の透子さんも、ノリノリで話に加わってくる。

ソファーで新聞を読んでいた次男さんが、目をキラリと光らせた。

「新しい彼氏だと？　私にも紹介しなさい」

「あ、はい、分かりました……」

女同士の紅さんと透子さんならまだしも、次男さんとこういう話をするのはなんだか恥ずかしい。

「それから、そろそろ名前じゃなくて、お、お、おとう――」

「……？」

「――いや、なんでもない」

なぜか赤くなっている次男さん。紅さんと透子さんが、そんな一家の大黒柱に生ぬるい目を向けている。

「ワンワン！」

足もとで、ウメコが尻尾をパタパタと振って吠えていた。

川合家の人たちは、今日も変わらずあたたかい。

誤解が解けて、学校でも過ごしやすくなった。

柊矢のことを思い出し、心を痛めることもまったくなくなった。恵麻と紬とは相変わらず仲良しで、毎日が楽しい。

私は今とても幸せ――のはずだった。

放課後。

今日もいつものように、青志くんが教室まで迎えに来てくれた。

ふたりで一緒に昇降口に向かう。

「見て、院瀬くんと山那さん。こうして見るとお似合いだよね」

「はあー、毎日教室まで迎えに来てくれるなんてうらやましい！　私も院瀬くんと付き合いたい」

最近、青志くんに近づく女の子はいなくなったみたい。偽装彼女の役割は、それなりに果たせているようだ。

青志くんがこんなふうに私を大事にしてるのは、彼女がいることをアピールするためだ。舞台でのハグも、同じだって分かっている。

「あ……っ！」

昇降口を出たところで、小石につまずいて転びそうになった。

青志くんが私の腰に手を回して体を支えてくれる。

「大丈夫？」

「……うん。助けてくれてありがとう」

思った以上に青志くんの顔が近くて、のぼせそうになった。

この頃、青志くんといると胸がドキドキして仕方がない。それなのに、同時に押しつぶされたみたいに苦しくなる。

ミスコンのあと、青志くんのことが好きだと気づいてから、ずっとそうだ。どんなに近くにいても、心だけは遠くに感じる。

青志くんへの気持ちになんか、気づかなきゃよかった。青志くんといるだけで、こんなにもつらくなってしまうから。

……それでもやっぱり、私は青志くんのことが好き。

特に、本屋にいるときの青志くんが。

本の話をするとき、青志くんは子供みたいに澄んだ目をする。学校にいるときの青志くんは、冷たい目をしているのに。

青志くんは、子供の頃に何度も誘拐されかけたと言っていた。

そのせいで人間不信になり、人前では無意識に自分をガードしてしまうんだろう。誰も寄せ付けないオーラを放って。

本は、そんな青志くんの心を癒す、唯一の存在なんだと思う。

――私も、そんな存在になれたらいいのに。

叶うことのない願望を抱いてしまい、また胸がぎゅっと苦しくなった。

「今日、新しい本が大量に入荷するんだ。沢田がもう搬入《はんにゅう》作業を終えているはずだから、楽しみにしてて」

門に向かいながら、青志くんが言った。

「うん、楽しみにしてるね」

心のモヤモヤに気づかれないよう、私はできるだけ自然にふるまった。


十二月に突入した。

私はその日も、放課後、青志くんと一緒に本屋に来ていた。

最近は、いつもふたりで屋根裏部屋にいる。

チェック柄のソファーに座って、沢田さんの淹《い》れてくれたアップルティーを飲みながら、それぞれが好きな本を読んで過ごしていた。

パラリ。

青志くんが、ページをめくる音がする。

自分の正体を明るみにしてから、青志くんは、ふたりだけのときもあの瓶底眼鏡をかけなくなった。少し寂しい気もするけど、素顔が見れてうれしい気もする。

彼が本に集中している横顔を見るのが好きだ。

今読んでいるのは、童話みたい。青志くんは児童文学とかファンタジーが好きで、よく読んでいる。

青志くんが好きな気持ちは、収まるどころか、どんどん増すばかりだった。

ふと、青志くんが視線を上げた。じっと見ていたせいでばっちり目が合ってしまい、ドクンと心臓が跳ねる。

「なんで、俺のこと見てるの？」

どこか艶を帯びた声でそんなことを聞かれる。

「あ、その……なんでもない」

私は誤魔化すように、アップルティーをごくんと飲んだ。すると青志くんが、なぜか私の方に身を寄せてくる。

「栞。またなんか悩んでる？」

彼は、相変わらず私の心の変化に敏感だ。

でも敏感ってだけで、何を考えているかまでは分からないみたいで、よかった。

心の中まで読まれたら、青志くんのことを本気で好きになってしまったって、バレてしまうから。

「ううん、悩んでない……」

私はゆるゆるとかぶりを振った。

あなたのことを好きになったから落ち込んでる、なんて口が裂けても言えない。

青志くんの目が見れず、うつむいていると、つむじのあたりに痛いほどの視線を感じた。

なんか、すっごく見られてる！

「栞、顔上げて」

少しの間のあと、優しい声が降ってきた。

おずおずと顔を上げると、相変わらずきれいな顔が目に飛び込んでくる。

「ここ、来て」

当たり前のように自分の膝をポンポンと叩く青志くん。

「え？　そこ……？」

「うん、ここ」

「ええと……青志くんの膝の上に座るってこと？」

「そう、正解」

含んだような笑みを浮かべられる。

「そ、そんなことできないよ！　重いし！」

「重くないよ。栞、細いから」

「でも……」

「栞」

動揺しまくっていると、なぜか真剣な声で名前を呼ばれた。

「これは大事な行為なんだ。普段からこういうことに慣れとかないと、俺たちが偽装の関係だって、周りにバレる可能性がある」

「えっ、そういうもの……？」

「そういうものだ」

たしかによそよそしかったら、誰かに怪しまれるかもしれない。そんなことになったら、青志くんが落ち着いて学校生活を送れなくなってしまう。私はしぶしぶ青志くんに近づいた。

「し、失礼します……」

彼に背中を向けて、長い脚の膝にそっと腰を下ろす。

青志くんの体温が、ぐっと近くなった。清涼感のあるライムみたいな香りがする。

青志くんは一八五センチあるから、女にしては背の高い私でも、余裕ですっぽり収まった。

すごくすごく、恥ずかしい。

本当にこれで合ってる？　こんなことする必要あった？

「……重くない？」

「重くない。そんなことより、あったかいな」

青志くんはため息をつくように言うと、突然、私をふんわり抱きしめた。

首筋に、青志くんの吐息がかかる。そこに、何度も鼻先を擦《す》りつけられる。

すうっという息を吸うような音がして、私は慌てた。

もしかして、匂い嗅《か》がれてる……⁉

驚きと恥ずかしさで、カチンコチンになってしまう。

「ああ……落ち着くな」

耳もとで、青志くんがつぶやいた。

いつもとは違う、熱っぽい声。まるで逃がさないとでも言うように、私を抱きしめる腕の力が強くなっていく。

私は落ち着くどころか、心臓がバクバクで死にそうになってるんですが。

できれば、早くこの時間が終わってほしい……。

「栞、後ろ見て」

とびきり甘い声がした。

でも今後ろを見たら、ものすごく近くに顔があるのでは？

そんな気がして動けずにいると、指先でスッと耳を撫でられた。

「ひゃ……っ⁉」

「後ろ、向いて」

普段とは違うどこか強引な言い方に、ドキッとさせられる。

おそるおそる後ろを振り返ると、青志くんがすかさずおでこをひっつけてきた。

ひたむきに私を見つめる、琥珀色の瞳。

「栞……」

切なげに、青志くんが私の名前を呼んだ。

瞼《まぶた》を伏せたきれいな顔が、ゆっくり近づいてくる。

え、キスされる……？

そう感じた瞬間、私は逃げるようにして彼の膝から飛び降りていた。

心臓が壊れてしまいそうなくらいドクドクしている。

胸の奥のほうがしめつけられたみたいに苦しい。

青志くんが私にキスしようとしたのは、彼女役を徹底してほしいからだ。本当の意味でキスしたいわけじゃない。

彼にとって私とのキスは、そんな取るに足らないものなんだ。

青志くんのことを本気で好きになってしまった私にとっては、特別で大事なものなのに。なんだか泣きそう……。

「ごめん。嫌だった？」

青志くんが、焦ったように聞いてくる。

どうしてそんな傷ついたみたいな顔してるの？

嫌じゃないけど嫌だった——そんな複雑な心理、言葉にできるわけがない。

私は何も言わずに隅に置いていたバッグを手に取る。

「……帰るね」

青志くんがどんな表情をしているか、振り返って見る勇気はなかった。

＊＊青志＊＊

栞のいなくなった屋根裏部屋に、沢田がティーカップを片づける音だけが、カチャカチャと虚しく響いていた。ソファーに座ったままの俺は、さっきからずっと放心状態だ。

「沢田」

「なんでしょうか、青志様」

「俺はやってしまったかもしれない」

「何をでしょう？」

「栞に強引に迫りすぎて、嫌われてしまったかもしれない」

時間をかけて、少しずつ栞の心をつかむつもりだったのに。

悩みを自分の中で押し殺している栞の顔を見たとき、どうして俺にすべてを話してくれないんだと、じれったい気持ちになってしまった。

俺はいつになったら君に信頼される存在になれるんだろう？

偽りの彼氏じゃなくて、本当の彼氏になれるんだろう？

前よりは栞が近くにいることを実感したくて、半ば無理やり抱きしめた。だけど栞のかわいさに自制が効かなくなり、気づけばキスしようとしていた。

その結果、拒まれて逃げられるという、最悪な結果になってしまった。

「少々強引でもいいんじゃないでしょうか」

沢田が、いつもの淡々とした調子で言う。

この男は怖いくらいに気が利くが、恋愛面に関してはうとそうだ。付き合いは長いが、浮いた話ひとつ聞いたことがないし。

沢田の意見は当てにならない。

「いいわけがないだろう。お前に聞いた俺がバカだった」

沢田は腑《ふ》に落ちないような顔で俺を見てから、片づけを終えた。沢田が出ていったあとでスマホを取り出し、栞にメッセージを送る。

《さっきはごめん》

意外にも早く既読がついた。

《だいじょうぶ！》

と、黒猫のスタンプが返ってくる。

話もしたくないくらい嫌われたわけじゃないようで、ひとまずホッと胸を撫で下ろす。スマホをテーブルに置き、ようやく肩の力を抜いた。

とにかく、焦りは禁物だ。

卒業までに少しずつ関係を縮めて、確実に栞の心を手に入れるんだ。

俺は立ち上がると、机の引き出しを開け、グレーの小箱を取り出した。

ベルベットの蓋《ふた》を開けて、猫の飾りがついたシルバーリングを眺める。【名探偵ピコ】に出てくる黒猫のガブリエルをイメージして、特注で作ってもらったものだ。

もしも栞が俺を好きになってくれたら、この指輪を贈って、改めて交際を申し込むつもりでいる。十二月三十日の栞の誕生日までに渡して、できれば誕生日プレゼントは別の物をあげたい。

だけど、このままだと間に合いそうにないな。

――『栞、この間あげた指輪してるか？』

――『ごめん、もったいなくてしまってるの』

――『なんだよそれ、しないと意味ないだろ？』

いつだったか、偶然耳にした、栞と佐渡の会話を思い出す。ふたりの間に漂うカップル特有の空気感に、もうれつに嫉妬したのを覚えている。
もたもたしている間に、栞がまた佐渡を好きになったら？
いや、佐渡とは限らない。ほかの男を好きになる可能性だってある。
そんな危機感に襲われて、落ち着かなくなった。
でも、それでも焦りは禁物だ。
俺にとっては、栞の気持ちが何よりも大事だから。

七章　今さらよりを戻したいとか言われても

《今日は本屋来れそう?》
《ごめん、行けそうにない。紅さんと服を買いに行く約束してるの》
《その前に、少しだけ話せないか?》
《すぐに行くって言っちゃったから、ごめんね》
青志くんとのメッセージを終え、私はスマホをバッグにしまった。帰りのホームルームが終わったばかりの教室で、帰るために立ち上がる。
すると、紬が話しかけてきた。
「最近、院瀬くん来ないね」
「うん。お互い忙しくて」
これ以上本気で好きになってしまうのが怖いから避けてる、とは言えなかった。
「そうなんだ。じゃあ私たちとも遊べないってこと? またクレープ食べに行きたかったのに」
恵麻が寂しそうに言う。
「あ……、来週なら行けると思う」
「やった、楽しみにしとくね!」

紬と恵麻は、これから一緒にカフェに行くらしい。

ふたりに別れを告げて、私は廊下に出た。昇降口に行く途中、教室で友達と話している青志くんを見かける。

気づかれないように通り過ぎようとしたのに、目が合ってしまった。気まずい空気が流れたけど、無視するわけにもいかず、小さく手を振る。

青志くんは何か言いたげにこっちを見ているだけだ。

最近まったく会えていないことを、メッセージでは受け入れてたけど、実際は納得してないのかな？

偽装彼女の役目をサボってるわけだから、そりゃそうだよね。

だけどこれ以上一緒にいれば、私はどんどん青志くんのことを好きになる。

そして青志くんとの間に気持ちのズレを感じて、勝手に傷つくんだ。この間のキス未遂事件のときみたいに。

廊下を歩きながら、悶々《もんもん》と考え込んだ。

このまま偽装カップルを演じ続けるのは、正直しんどい。

いっそのこと、偽装彼女なんてもうやめたいって言った方がいいかな？　本当の彼女になりたいっていう意味ではなく、役を降りたいっていう意味で。

でもそれだと、あまりにも無責任だ。青志くんは、私のためにいろいろしてくれたのに……。

「山那！」

門に向かって歩いていると、誰かに呼び止められた。

生徒会の竹田くんだ。ミスコンのときに司会者と出場者として関わりはしたけど、こうやって話すのは久しぶり。走ってまで追いかけてきたみたい。

「竹田くん？　どうしたの？」

「俺、ずっと山那に謝りたくて」

竹田くんが、息を切らしながら言った。

「山那のこと、誤解しててごめん！　俺もすっかり本木莉々にだまされてたんだ」

ガバッと勢いよく頭を下げられ、私は慌てる。

「もういいから、顔を上げて」

「でも俺、山那にひどいこと言ったよな」

——『山那、お前サイテーだな。前から冷たい奴だとは思ってたけど』

たしかに覚えがあるけど、ほんとにもうどうでもいい。

何度もなだめてようやく竹田くんは顔を上げてくれた。それでもまだ、申し訳なさそうに眉尻を下げている。

「山那、ほんといいやつだな」

「そんなことより、生徒会頑張ってね」

莉々がいなくなったわけだから、生徒会は今ひとり足りない状態だ。とはいえ莉々は戦力にならなかったから、いてもいなくても変わらないかもしれないけど。

「ああ。本当は山那に戻ってきてほしいけど……まぁ無理だよな。柊矢がいるし」

私は素直にうなずいた。柊矢とはもう、同じ空間にいたくない。

竹田くんが、急に真剣な顔つきになる。

「でも、少しだけ柊矢のことも気にかけてやってくれないか？　あいつ、最近元気がなくてさ」

きっと、莉々が転校してショックを受けてるんだろう。柊矢は本当に莉々が好きだったから。

だけど、私に柊矢を気にかける義理なんかない。

そう思って返事はしなかった。

「とにかく、山那に謝れてよかったよ。ずっと気になってたんだ」

ホッとしたように竹田くんが言う。それから少しだけ話をして、竹田くんは満足したように去っていった。

再び歩き出そうとしたとき、「栞」とまた呼ばれる。

すぐ近くに青志くんが立っていた。さっきまで教室にいたはずなのに、いつの間に来たの？

「青志くん……？」

屋根裏部屋でキスされそうになって以来ずっと避けてたから、なんだか気まずい。

「さっきの男、誰？」

青志くんは、いつになく怒っている雰囲気だった。

冷ややかな目で見下ろされ、たじろぐ。

「俺とは話す時間がないのに、あの男とはあるのか？」

こんなに余裕のない青志くんを見るのは初めてだ。

まるで嫉妬されてるみたいだけど、そんなわけがないと自分に言い聞かせる。

キスしようとしたり、嫉妬しているフリをしたり、私たちの関係を本当のカップルっぽく見せるためとはいえ、最近の青志くんはやりすぎだ。

青志くんの思わせぶりな行動に振り回されて、心が壊れてしまいそう。

「青志くんには関係ない」

刺々《とげとげ》しい口調になってしまったのは、本当はドキドキしてるって絶対に知られたくないから。

青志くんが、傷ついたような顔をする。

優しい彼に冷たくしてしまい、後悔したけど、もうどうすることもできなくて。

青志くんから視線を逸らすと、ボロボロの心を抱えてその場から立ち去った。

夕暮れの繁華街を、ひとりでトボトボと歩く。

なんとなく、家に帰る気分にはなれなかった。

「ハア……」

青志くんを冷たく突き放してしまってから、ため息が止まらない。

歩き回ってるうちに、いつの間にか日が暮れていた。川合家の人たちが心配するから、そろそろ帰らなきゃ。

大きな交差点を渡り、歩道を歩いていると、なぜかすぐ横で車が止まった。ピカピカのエンブレムのついた白い高級車だ。

「この車って……」

見覚えのある車に困惑していると、後部座席の窓が開く。

顔を見せたのは、やっぱり柊矢だった。

「栞、ちょっといい？」

柊矢の顔を見たとたん、ゾッとした。

だけど柊矢は、見るからに元気がなさそうで……。

――『……少しだけ柊矢のことも気にかけてやってくれないか？　あいつ、最近元気がなくてさ』

竹田くんの言っていたとおり、莉々がいなくなってかなり落ち込んでいるみたい。

ちょっと心配になったけど、すぐに我に返る。

もう、柊矢には関わりたくない。

「ごめん、急いでるから」

私は素っ気なく答えると、柊矢を無視して歩き始める。だけどドアが開いて、「待って！」と柊矢が外に出てきた。

「ココアの調子が悪いんだ……」

悲痛な声で言われ、思わず足を止める。

柊矢は、今にも泣きそうな顔をしていた。

「今日が山場だって、獣医に言われてるんだ。……会いに来ないか？」

「そんな……」

ココアというのは、柊矢の家で飼っている茶色いトイプードルだ。私と柊矢の唯一の共通点は、お互いトイプードルを飼っているところだった。

ココアとウメコの話を、ふたりでよくしたっけ。柊矢の家に行って、抱かせてもらったこともある。ココアはトイプードルなのにティーカッププードルくらい体が小さくて、ふわふわしてて、本当にかわいかった。

心が大きく揺れたけど、うなずくことはできなかった。

ココアには会いたい。だけど、柊矢とは一緒にいたくない。

考え込んだまま動こうとしない私を見て、柊矢が寂しげに笑う。

「そりゃ嫌だよな、元彼の家に行くんだから。だけど頼む、来てほしいんだ。俺、本当につらくて……」

いつもはっきりものを喋る柊矢が、声を震わせている。

胸がズキンとした。

柊矢は、莉々に続いてココアまで失いそうになってるんだ。大事な存在を一気に失うのは、つらいことだと思う。

柊矢との思い出にろくなものはないけど、ぜんぶがそうなわけじゃない。

一緒に犬の話をしたこと、ココアの散歩をしたこと、誕生日に指輪をくれたこと。

数少ない柊矢とのいい思い出が、私の心を惑わせる。

何よりも、最後にココアの姿をひと目見たい。

「それなら、少しだけ……」

気づけば私は、そう返事をしていた。

「そっか、ありがとう」

柊矢が、元気がないなりにもうれしそうな顔をした。

柊矢の車の後部座席に乗り込んだ。車の中で、柊矢はずっと私に優しかった。私をこっぴどく振ったあの日のことなんて、まるで嘘だったかのように。

たどり着いたのは、緑に囲まれた、白い洋風の家だった。二階部分に、大きな半円状のバルコニーが見える。

車から降りた私は、その家を見上げて戸惑った。

「……え？　ここ、柊矢の家じゃないよね？」

「俺んちの別荘。動物病院が近いから、こっちで看病してるんだ」

「へえ、そうなんだ……」

だけど門をくぐったところで、不安になって足を止める。

「……本当に、この中にココアがいるの？」

「ああ。もうほとんど動けなくて、ずっと寝てる。日に三回獣医さんに往診に来てもらって、点滴でどうにか命をつないでる状況だ。でも持って三日って言われてる」

苦しげに柊矢が言った。

柊矢のそのセリフは妙にリアルで、説得力があった。大事なペットが亡くなりかけているのに、この期に及んで彼を疑ってしまい、申し訳なく感じる。

柊矢は先に別荘の中に入っていった。すぐにあとを追おうとしたとき。

「ニャア」

どこからか、猫の鳴き声がした。

「ニャ〜」

もう一度聞こえ、足もとを見ると、赤い首輪をした黒猫がいる。

「ガブリエル？　どうしてこんなところにいるの？」

猫の散歩コースは広いらしい。

「それに、どうしてそんなに汚れてるの？」

いつもはツヤツヤのガブリエルの毛が、砂で汚れている。

私はポケットからハンカチを取り出すと、ガブリエルの体を拭いてあげた。

「はい、これできれいになったよ」

「ニャ！」

すると何を思ったのか、ガブリエルがハンカチを咥《くわ》え、飛ぶようにしてどこかに行ってしまった。

「え？　ハンカチ、持って行かれちゃった」

あのハンカチ、青志くんがくれたものだったのに……。

がっかりしていると、「栞、何してんだ？　早く来いよ」と柊矢がドアから顔を出す。

「ごめん、すぐに行くね」

別荘の中は、ひっそりとしていた。柱時計の音だけがカチコチと響いている。

北欧系の白い家具で統一されたオシャレな室内を、柊矢についてどんどん奥へと進む。家に入ったときからずっと、柊矢は無言だ。

「ココアはどこ？」

だいぶ進んだところでそう聞くと、柊矢が足を止めて私を振り返った。

「ごめん、うそ」

「え……？」

「ココアは、ここにはいない。ちなみに俺んちで元気にしてる」

悪びれたふうもなく微笑まれ、私は眉をひそめる。

「……だましたの？」

「だますなんて、人聞き悪いな。話すきっかけが欲しかっただけだよ。だってこうでもしないと、栞は俺の話を聞いてくれないだろ？　メッセージ送りたくても、ブロックされてて送れないし」

今になって、自分のバカさ加減に呆れる。

柊矢にあれほどひどいことをされたのに、あっさり信じてしまうなんて。

「──帰る」

私はすぐに柊矢に背を向けた。柊矢の話なんか聞きたくない。

玄関まで走って、さっさとここを出よう。

だけどあっという間に目の前に回り込まれ、逃げ道を塞《ふさ》がれる。

私は柊矢をキッと睨みつけた。

「そこ、通して」

「通さないよ。俺、目が覚めたんだ」

「何を言ってるの？」

「俺たち、もう一度付き合わないか？」

真剣な声で言われ、驚きを通り越してうすら寒さを感じる。

あれだけ私をこっぴどくフッておきながら、どうしてそんなことを堂々と口にできるの？

「俺には、やっぱり栞が必要なんだ」

切実な声で、柊矢が言う。

「ごめん。私にはもう無理」

きっぱりと答えると、柊矢のまとう空気がどんよりした。

唇を引き結び、ほの暗い目をする柊矢。

「院瀬がいるからか？　言っただろ？　あんなの、金目当てに決まってる」

「青志くんは関係ない。私が柊矢とはもう無理なの、それだけ。だから帰るね」

柊矢が動揺した隙を見計らって、彼の脇を通り抜け、玄関を目指す。

だけど、後ろから思いっきり腕を引っ張られた。

「きゃ……っ！」

体が勢いよく傾き、柊矢の胸に倒れ込んでしまう。

すぐさまガッと羽交い絞めにされ、口を手で覆われた。

「……っ!!」

ふごふごと声にならない声をあげ、視線で柊矢に抗議する。

そんな私を、柊矢は冷たい目で見ているだけだった。

「栞が悪いんだ、素直にならないから。本当は俺のことが好きなんだろ?」

「……っ⁉」

柊矢はいったい何を言ってるんだろう?

意味が分からなくて、二重の恐怖が胸に押し寄せる。

「悪かったよ、冷たくして。だけどこれからは大事にするから、栞も素直になれよ」

今度は、作ったような優しい笑みを浮かべられた。振りほどこうとしても、柊矢の腕の力が強くてどうにもならない。

わけの分からないことを言って、こんな犯罪まがいのことをするなんて、ほんとどうかしてる。莉々がいなくなって、柊矢はおかしくなってしまったの?

あまりの恐怖で、目に涙が浮ぶ。哀れな私を見て、柊矢がなぜかうっとりとした目をした。

「俺といられて、泣くほどうれしいのか……? 栞、やっと素直になってくれたな」

＊＊青志＊＊

本屋のカウンターで、俺はうなだれていた。

向かいでは、沢田が古本のメンテナンスをしている。慣れた手つきで、専用の薬剤をページの染みに押し当てていた。

「沢田、またやってしまった」

「何をですか？」

「露骨に妬《や》いてる姿を栞に見せて、嫌われてしまった。少しずつ関係を縮める予定だったのに、我慢しすぎるあまり暴走したんだ」

「そうですか」

――『青志くんには関係ない』

栞にあんなに冷たくされたのは初めてだ。もう立ち直れないかもしれない。

沢田が、手を止めてじっと俺を見ている。

「前も言いましたが、栞さんに対して、少々強引な態度を見せてもいいんじゃないでしょうか？」

俺は頭を抱えつつ、目線をあげて沢田を見た。

いつもは無表情のこの男が、心配そうな顔をしている。

「いいや、駄目だ。時間をかけて、ゆっくり栞の心をつかみたいんだ」

「時間なら、もう十分かけたではありませんか」

沢田の塩顔をじっくり見返した。

たしかに、沢田の言い分は一理ある。

古本屋で出会って以来、俺はずっと栞のことが好きだった。彼氏がいても、俺の方はまったく見てくれなくても、あきらめられなかった。

その笑顔が、いつか俺に向く日が来てくれたら——その一心で、ひたむきに栞だけを想い、こっそり尽くしてきた。本屋を開業したり、彼女が欲しがる本であればどんな手段を使ってでも手に入れたり。

——時間はもう、十分にかけているのかもしれない。

「正直に想いをお伝えになってはどうでしょう？　いいかげん、その頃合いかと」

沢田はいつも聞き役で、黙々と俺の命令に従うような男だ。だからこんなふうに、自分の意見を主張するのは珍しい。それほど今の俺の様子が、見るに耐えないのだろう。

沢田の本気が伝わってきて、フッと笑みが浮かぶ。

「それもそうだな。ありがとう、沢田」

素直に助言を受け入れることにすると、沢田が微笑んだ。沢田の笑顔が見れるのは、四年に一度くらいで、かなりレアだ。

俺はすぐにスマホを取り出し、栞にメッセージを送ろうとしたが、思いとどまる。

長年積み上げてきた想いを、やっと伝えるんだ。直接会って話したい。

俺はその足で本屋を出て、栞を求めて走り出した。

あのとき、包み隠さず言えばよかった。

ほかの男なんか見ずに、俺だけを見てほしいと。

――『見て、すっごくきれいな顔の子』

――『なんてかわいい子だ、こっちにおいで。お菓子をあげるから』

子供の頃から、じろじろ俺を見てくる大人の目が怖かった。好きだの付き合ってくれだのと、近づいてくる女子たちも怖かった。

みんなが求めているのは、俺の家柄と外面だけ。俺が何を思って生きているのかなんて考えもせず、自分の欲求のおもむくまま手を伸ばしてくる。

だけど俺の憩いの場所である古本屋に、ある日やってきた君は、俺には見向きもしなかった。

君の隣にいるときだけ俺は、ただの本を読んでいる高校生になれたんだ。

俺は君といると、自分らしくいられる。

だからどうかこれからも、ずっとそばにいてほしい。

初めての恋でどうしたらいいか分からず、ずいぶん遠回りをした。

だけど沢田の言うように、本当は単純なことだったんだ。


──君が、好きだ。


ただひと言、そう伝えればよかった。

紅さんと服を買いに行くと言った栞の言葉を思い出し、まっすぐ繁華街に向かう。

女子が行きそうな店を、栞の姿を捜して回った。

「あれ、院瀬くん?」

カフェの前を横切ったとき、そんな声がして、息をつきながら振り返る。ふたりの女子が、驚いたように俺を見ていた。三つ編みの女子と、黒髪ボブの女子。たしか栞の友達だ。

「栞と一緒に車で出かけたんじゃないの？」

黒髪ボブの女子が言った。意味不明なセリフに、俺は顔をしかめる。

「――車で出かけた？」

嫌な予感がして、自然と声が低くなった。

「ちょっと前に、栞が車に乗ってるのを、窓越しに見たの。白いドイツメーカーの高級車だったから、院瀬くんとデートかなって、恵麻と話したんだけど……」

言ったあとで、黒髪ボブ女子は、事の重大さに気づいたらしい。

「もしかしてあの車、院瀬くんの家の車じゃなかったの……？　栞の家の車でもないし、じゃあ栞は誰の車に乗ってたの？」

「もしかして、誘拐……？」

三つ編み女子も、とたんに慌てだす。

俺はすぐに栞に電話をかけた。だけどどんなに待っても栞は出ない。メッセージも既読がつかなかった。

日はもう暮れかかってる。紅さんと買い物に行くと言っていたのに、知らない車に乗って町から離れるなんてあり得ない。

「どうしよう、警察に連絡した方がいいかな……！？」

三つ編み女子が、今にも泣きそうになっている。

「でも、高校生が一時間いなくなったくらいで警察が動いてくれる？　せめて深夜にならないと、取り合ってくれないよ」

黒髪ボブ女子が、それに答えていた。

彼女の言うとおりだ。今警察に言っても、相手にされないだろう。

だからといって、栞が危険な目に遭ってるかもしれないのに、警察が確実に動く時間まで待てるわけがない。

栞を連れて行ったのは誰だ？　俺は必死に考えを巡らせた。

抵抗せず車に乗っていたということは、顔見知りの可能性が高い。

栞の知り合いを思い浮かべているうちに、ミスコンのとき、舞台上から見た佐渡の顔を思い出す。今さら栞のことが惜しくなったかのような、嫉妬心丸出しの目で俺を見ていた。

――佐渡が怪しい。

そう感じた俺は、沢田に電話し、佐渡の自宅の場所を調べてもらう。車でさっそく佐渡の家に向かった。鉄製の門の向こうに、白いドイツメーカーの車が停まっているのを見て、全身の血が騒ぐ。

インターホンで、同じ学校の院瀬だと名乗る。

小ぎれいな花柄のワンピースを着た中年女性が出てきた。佐渡にどことなく顔が似ているから、母親だとすぐに分かった。

「まあ、院瀬くんいらっしゃい！　院瀬くんと柊矢がお友達だったなんて、知らなかったわ！」

やたらとテンションの高い、佐渡の母親。

「佐渡くんはいますか？」

「今夜は別荘に泊まるらしくて、家にはいないのよ。別荘まで柊矢を送った運転手が、友達と一緒だったと言っていたわ」

「――友達と、ですか」

「ええ。場所を教えましょうか？　院瀬くんが顔を見せてくれたら、きっと喜ぶわ」

佐渡の母親が書いてくれたメモを頼りに向かった先には、フランスの田舎町に建っていそうな白い家があった。

車から降りて二階の窓に明かりがついているのを確認していると、足にあたたかな感触がした。

赤い首輪をした黒猫が、俺の足にすり寄っている。

「ガブリエル？」

なんでこんなところにいるんだ？

しゃがんで頭を撫でてやると、ガブリエルが気持ちよさそうに喉を鳴らした。

口に何か咥えている。

「なんだ、これ？」

本の刺繍が散りばめられた、見覚えのあるハンカチだった。

俺が以前、栞にあげたものだ。

「……なんでお前がこれを？」

「ニャ〜」

ガブリエルが、目の前に建つ別荘を見上げる。

やっぱり、栞はここに連れて来られたのか。

怒りが体の奥からふつふつと湧く。ハンカチを持つ手に、自然と力が入った。

すぐにチャイムを鳴らしたが、出る気配がない。

そのうちブチッと音がして、鳴らなくなった。電源を切られたのだろう。

「くそ……っ！」

玄関のドアは、想像どおり開かない。頑丈な金属製で、蹴破ることも難しそうだ。

家の周囲をぐるりと回り、空いてる窓がないか片っ端から調べたが、どこもきっちり鍵がかけられていた。

栞は無事なのか？

焦りながら、今度は二階の窓をひとつひとつ目で確認する。すると、バルコニーの窓がわずかに開いているのに気づいた。

そのとき。

「ニャア〜〜」

俺の足もとにいるガブリエルが、長めに鳴いた。

金色の大きな目が、まるで何かを訴えるように、俺をじっと見ている。

「……お前、あそこまで上れるのか？」

「ニャア」

「そうか。ちょっと待てよ」

車で待たせている沢田のところに行き、紙とペンを用意させる。素早く紙に文字を書き、ガブリエルの赤い首輪にくりつけた。

「いいか、ガブリエル。二階のバルコニーから家の中に入って、栞を見つけ出せ。そしてこの紙を届けるんだ」

「ニャ～」

ガブリエルは目を細めて鳴くと、ひらりと雨樋《あまどい》の一部に飛び乗った。

＊＊＊

「栞、さっきから負けてばかりじゃね？」

「………」

「でも、そんなところもかわいいよ。かわいそうだから、ハンデをやろうか？」

上機嫌な柊矢に頭を撫でられ、背筋にぞわっと怖気が走った。

「……ハンデなんかいらない」

「そんなこと言って大丈夫か？　あとで後悔するぞ」

柊矢が、場違いなほど明るい笑い声を響かせた。

私は今、連れ込まれた別荘の二階で、柊矢とテレビゲームをしている。

というより、させられていた。

個性的なキャラクターが登場する格闘ゲーム。やったことがないから強いわけがないし、柊矢が絶賛するみたいに面白いとも思えない。

柊矢に羽交い絞めにされたあと、私は抵抗するのをやめた。

いまだに私が柊矢のことを好きだと、彼が本気で思い込んでいるのが分かったからだ。そんな素振りはまったく見せていないのに、こんなのおかしい。きっと、莉々がいなくなって情緒が不安定なんだと思う。

そんな人に抵抗したり反論したりしたら、危険な行動をとりかねないと何かの本で読んだ。だから柊矢の言うことを素直に聞いて、かれこれ二時間近く、こうしてゲームをしている。

ゲームだけならまだしも、ときどき付き合ってたときには絶対に言わなかった甘い言葉を囁いてくるから、気持ち悪くて仕方ない。

「ところで、眼鏡やめてコンタクトにしたんだな。そっちの方がずっと似合ってる」

「……そうかな」

「もっと早くコンタクトにしてくれたらよかったのに。そしたら俺、栞と別れるなんて絶対に言わなかったと思う」

指で毛先を弄ばれながら、そんな勝手なことを言われた。背筋がゾゾッとするのに必死に耐える。

どうやったらこの状況から抜け出せるか、この二時間ずっと考えてるけど、まったく思いつかない。

そういえば少し前に何度かチャイムが鳴ったけど、柊矢が怖くて声をあげることができなかった。そのうち『うるさいなー』と柊矢が立ち上がり、どこかに行ったあと、チャイムは聞こえなくなってしまった。

「ははっ！ ほんと栞、ゲーム弱いな。生徒会の仕事ならばっちりなのにな」

柊矢の隣でおびえている今、青志くんの隣がどれほど安心できるかを実感する。

——青志くんに会いたい。

ただ、それだけを強く思う。

これは、勝手にひとりでヤキモキして、青志くんに冷たい態度をとった私への罰なのかもしれない。

青志くんはいつだって私に優しくしてくれたのに、恩を仇《あだ》で返すようなことをしたから。

「そろそろ腹減ったな」

落ち込んでいると、柊矢が言った。ゲームがひと段落したみたい。

ふとひらめいて、顔を上げる。

「よかったら、何か作ろうか？」

もしかしたら、料理を作っている隙にこっそり逃げられるかも……！

だけど「いや、大丈夫」と笑顔でかわされた。

「俺が準備するよ。うまい冷凍ミールキットを常備してるんだ。栞はこの部屋でゆっくりしてて」

「そっか。分かった……」

「俺がいない間、ここから動くなよ」

そう念を押して、柊矢が部屋を出ていく。私はため息をついて膝を抱えた。

ここから動けないんじゃ逃げられない。窓から飛び降りるわけにもいかないし、スマホも取り上げられてるから誰かに助けを求めるのも無理だ。

忍び足で一階に下りて逃げようかとも考えたけど、たしか階段はキッチンの横にあった。キッチンにいる柊矢に見つかる可能性がある。

「どうしたらいいの……？」

私、なんでこんなところにいるんだろう？

青志くんとじゃなくて、柊矢といるんだろう？

青志くんに会いたくて会いたくて、だんだん泣きたくなってきた。

膝に顔をうずめ、グスンとはなを啜《すす》り上げたとき。

――ガチャッ。

ドアノブをひねる音がして、ビクッと肩が跳ねた。柊矢が戻ってきたのかと思ったからだ。だけどドアはわずかに開いただけで、人が入ってくる気配はない。

「……？」

不思議に思っていると、「ニャ～」という鳴き声がした。

いつの間にか、黒猫がちょこんと目の前に座っている。

「え？　ガブリエル……？」

さっき別荘の前で見かけたけど、まだいたの？

しかもドアノブひねった？　猫なのにすごくない？

いや、そんなことより。

「どこからこの家に入ってきたの？」

「ナ～♪」

ガブリエルはかわいい声で答えると、うずくまっている私にスリスリと体を擦りつけてきた。

あったかくて、不安な気持ちが癒されていく。思わず、ぎゅっとガブリエルの体を抱きしめた。

私に猫語は分からないから、どこから入ったのかは分からなかったけど、こうして会いに来てくれて本当にうれしい。

ガブリエルの首輪には、細く折り畳まれた紙がくくりつけられていた。

「なんだろ？」

不思議に思って首輪から紙を外したとき、ドアが開いてトレイを手にした柊矢が姿を現した。

「栞、お待たせ」

「……！」

ガブリエルに夢中で、足音に気づかなかった！

紙を持ったまま固まっていると、ガブリエルがいることに気づいた柊矢が顔をしかめる。

「なんだ、その猫。いったいどこから入ったんだ？——その紙、何？」

柊矢はテーブルの上に素早くトレイを置くと、私の手からひったくるようにして紙を取り上げ、すぐに広げた。

「ぴばこるぴここにぴーこ……？」

手紙を読み上げる柊矢。

私の心臓が、ドクンと大きく鳴った。

ガブリエルを抱く腕に力を込める。

「なんだよこれ、こっわ！　呪いの呪文かよ。誰かのいたずらか？」

柊矢はすぐに紙をゴミ箱に放り投げると、場を取りつくろうように私に微笑みかけた。

「そんなことより、早く飯食べようぜ。このサーモンのムニエル、冷凍とは思えないくらいおいしいんだ」

私に背を向けて、テーブルにお皿を並べ始める柊矢。

部屋に入ってすぐガブリエルに気を取られたせいで、ドアが開けっ放しなのに気づいてないみたい。

――今だ！

私はガブリエルを抱いたまま立ち上がると、開いたドアから急いで廊下へと飛び出した。

さっき柊矢が読み上げたのは、〝ピコの暗号〟だった。

〝ピコの暗号〟とは【名探偵ピコ】の作中で主人公のピコが使う暗号だ。

文頭から文字を【ピ】と【コ】で囲い、一文字置いて繰り返すというもの。

つまりさっき柊矢が読み上げた【ぴばこるぴここにぴーこ】という暗号を解読すると、【バルコニー】という言葉になる。

〝ピコの暗号〟を知ってる人なんて、青志くん以外に思いつかない。つまりこれは、バルコニーに行けという、青志くんからのメッセージだ。

「栞！ どこ行くんだよ⁉」

柊矢が叫びながら追いかけてくる。

ガブリエルを落とさないように注意しつつ、私は無我夢中で廊下を走った。

「バルコニーってどこ……？」

無駄に広いせいで、なかなか見つからない。だけど少しでも足を止めたら、柊矢に追いつかれてしまう。

すると、どこからか冷たい風を感じた。風にあおられて、開いたり閉じたりしているドアがある。

たぶん、あそこの部屋だ！

一か八かその部屋に駆け込むと、思ったとおり、掃き出し窓の向こうにバルコニーが広がってた。

「あった……！」

急いでバルコニーに出て、下をのぞき込む。

そして、泣きそうになった。

まるで私を待っていたかのように、青志くんがこちらを見上げていたからだ。

青志くんの姿を見たとたん、どうしようもなくホッとして、体の力が抜けていく。

「栞、おいで」

青志くんが、両手を大きく広げた。

背後からは近づいてくる柊矢の足音。

緊迫した空気なのに、もう怖いとは思わなかった。

氷のように人に冷たい〝ミゲリオの帝王〟は、私にだけ絶対的な安心感をくれる。

「大丈夫、必ず受け止めるから。俺を信じて」

夜風が、大好きなあの声を私のもとまで運んでくる。

だけどここは二階で、もちろんこんな高さから飛び降りた経験なんてない。こうして見下ろすと、地面をはるか下に感じて、怖気づいた。

「ニャン♪」

ガブリエルが私の腕の中からぴょんっと飛び上がり、器用に雨樋《あまどい》を伝って、地面へと先に下りていく。

「栞!!」

すぐ後ろから声がした。振り返ると、不気味な笑みを浮かべた柊矢がいる。

「さっきまでおとなしかったのに、急に逃げ出したりして、どうした? そんなに俺の気を引きたかったのか?」

じりじりと、バルコニーにいる私の方に迫ってくる柊矢。下に青志くんがいることには気づいていないみたい。

「分かったよ。キスしてやるから戻ってこい」

きも……っ!

吐き気を感じた瞬間、何かが吹っ切れる。

バルコニーの柵に乗り上げると、青志くん目がけて迷わず飛んだ。

「しおり……っ!」

悲鳴みたいな柊矢の声がした。

体が宙に浮く感覚がして急に怖くなり、ぎゅっと目をつぶる。

ぐんぐん下へと落ちていく。

やがて、ドンッという衝撃とともに、体が大きなぬくもりに包まれた。

青志くんがしっかり私を受け止めてくれたんだと、すぐに分かった。

落下の勢いで、青志くんごと地面に倒れ込む。

「……くっ！」

青志くんの苦しげな声がした。

「青志くん、大丈夫……っ⁉」

ガバッと身を起こし、青志くんの無事を確認する。

「俺のことより、栞は……？」

絶対に痛いだろうに、この期に及んで私の心配ばかりしている青志くんの優しさに、胸がぎゅっとなった。

「私なら大丈夫。青志くんが守ってくれたから、どこも痛くないよ」

「それなら、よかった」

青志くんが、ホッとしたように微笑んだ。

その姿は、私の目には、夜の世界でそこだけ光ってるみたいに見えて。

──ああ、私はこの人のことが、本当に好きなんだ。

私はその瞬間、全身でそう感じた。

好きすぎて、ただそこにいてくれるだけで泣きたくなってくる。

「栞」

目をうるませていると、青志くんが私を呼んだ。

「栞のことが、好きだ」

あふれ出す私の気持ちすべてを包み込むような、優しい声。

夜空の下でひたむきに私を見つめるきれいな顔に、目を奪われる。

青志くんが紡《つむ》いだ言葉の意味も相まって、一瞬、呼吸を忘れた。

「本当の彼女になってって、ずっと言いたかった。だけど栞が俺のことを好きになってくれる自信がなくて、回りくどいことばかりしてしまった」

青志くんがポツポツと語る。

「青志くん……」

普段は圧倒されるようなオーラを放っているのに、今の彼は、いつになく不安そうだった。だからこそ、本気なんだと伝わってくる。

もう耐えることなんてできなかった。

目からあふれた涙が、ポロポロと頬をすべり落ちていく。

「私も……青志くんが好き」

必死に抑えてきた想いが、素直に言葉に変わっていった。

「自信がなくて言うのが怖かったけど、本当に大好きなの……」

青志くんの琥珀色の瞳が、驚いたように揺れ動く。

それから青志くんは、緊張が解けたみたいに笑った。

「そっか、よかった」

好きな人の飾らない笑顔を見て、また胸がきゅんとした。

「──人んちの庭でいちゃつくのやめてくれる？」

すると、ゾッとするほど冷ややかな声がした。

いつの間にか、すぐそばに柊矢が怖い顔をして立っている。私を追いかけて、玄関から外に出てきたみたい。

「栞、何度言ったら分かるんだ？　その男がお前に本気なわけないだろ。どうせ、女なんか選びたい放題なんだから」

軽蔑するような口調で、柊矢が言う。青志くんのまとう空気がひりついた。

瞳が、見たことがないような鋭い色を帯びている。さっきまでの優しい目をした青志くんとはまるで別人で、背筋がゾクッとした。

「――佐渡、お前、よく俺にそんなセリフが吐けるな？」

青志くんが立ち上がり、ゆっくりと柊矢に近づいた。青志くんの方が柊矢より背が高いから、自然と見下ろす形になる。

「な、なんだよ……」

ぐいっと柊矢の胸倉をつかむ青志くん。

柊矢は突然のことに反応できず、目を見開いたまま固まっている。

「俺は、ずっと栞のことが好きだった。栞が笑ってくれるなら、何でもできるし、どんなことにも耐えられる。お前と付き合ってるときも、栞が幸せならそれでいいと思えていた」

青志くんのただならぬ気迫に、たじろいでいる柊矢。

「だけどお前は栞を大事にするどころか、傷つけて、泣かせた」

語気を強めると、青志くんは勢いよく拳を振り上げて、柊矢の頬を殴った。

鈍い音がして、柊矢がズサッと地面に倒れる。

「ひ……っ！」

想像を超えるパンチの威力に、柊矢がおびえている。情けない顔をして逃げようとしてたけど、青志くんが柊矢に馬乗りになって、身動きを封じた。頬にもう一発。

「う、うう……っ」

青志くんの渾身《こんしん》のパンチをくらって、柊矢が呻《うめ》いている。

「わ、悪かった……だからもうやめ……っ！」

ひときわ大きな音とともに、青志くんがまた柊矢を殴った。容赦なく柊矢を攻撃する青志くんを、私は震えながら見つめていた。

まるで獣みたいな今の青志くんからは、とてもじゃないけど、普段の穏やかに本を読んでいる姿は想像できない。

「栞にもう二度と近づくな、顔を見せるな、声を聞かせるな。分かったか？」

低い声で、すごむ青志くん。柊矢はすっかり戦意をなくし、操られたようにこくこくとうなずくことしかできないようだった。

「栞、行こう」

青志くんが、私に声をかける。

「あ……うん」

呆然としたまま青志くんに背中を支えられ、歩き始めた私だったけど、ふと思いとどまって足を止めた。

守られっぱなしじゃダメだ。

青志くんのことが大好きで大事だから——私はちゃんと自分の力で、過去と決別したい。

「ごめん、ちょっと待って」

青志くんから離れ、地面に座り込んでうなだれている柊矢のもとに戻る。

柊矢が力なく顔を上げた。

「琹……。やっぱり、俺のところに戻ってきてくれるのか……？」

かすかに輝く、柊矢の瞳。

「そうだよな……。あんな凶暴なやつ——」

「——違うの。戻るつもりなんてない。私はもう、柊矢のことまったく好きじゃないから」

はっきりそう声にすると、瞬く間に柊矢の目の輝きが消えた。

「好きじゃないどころか、こんな強引なことされて嫌いになった。今になって気づいたけど、付き合ってるときも、本当の意味では好きじゃなかったんだと思う」

柊矢と付き合ってる自分が、みじめだった、大嫌いだった。

私は大切にされるような女の子じゃないんだって、ずっと思ってた。

だけど青志くんは、私に輝きをくれる。

自分で自分を大切にしたいって、思わせてくれる。

「自分に自信がなくて、柊矢にすがってただけ。あんなの、好きのうちに入らない。だから私の方こそ、ごめんね」

柊矢の顔が、絶望にゆがんだ。

私は落ち着いた気持ちで、柊矢のその表情を、頭の中にしっかり焼きつけた。

最後まで柊矢を見下ろしたまま、くるりと背を向ける。

柊矢につけられた心の傷が、これでもう、きれいさっぱり消えてなくなった。

青志くんのもとまで、まっすぐ走っていく。

生まれ変わった私の手のひらを、青志くんの大きな手が、あたたかく包み込んでくれた。

柊矢の方は、もう二度と振り返らなかった。

柊矢はその後、学校ですっかりおとなしくなった。

自信をなくしたみたいで、目立った行動をせず、存在感を消している。生徒会長も辞任してしまった。新しい生徒会長には竹田くんが就任したらしい。

私の世界は、生徒会を追い出されたあの頃からは考えられないくらい、平和になった。学校では恵麻と紬と楽しく過ごし、家に帰ると川合家の人々にかわいがられている。

そして――。

ぐっと気温が冷え込んだ土曜日。私は朝から青志くんの本屋に行って、屋根裏部屋で一緒に過ごしていた。

窓の外を、粉雪が舞っている。テーブルの上では、沢田さんが淹れてくれたアップルティーが、香ばしい湯気をくゆらせていた。

ふたりでソファーに座って話すのは、今日も本のことばかりだ。

「子供の頃、ピコに憧れて、毎日〝ピコの暗号〟で日記書いてたんだ」

「それであのとき、とっさに暗号文が書けたんだね」

ガブリエルが運んできた手紙のことを思い出す。あんなややこしい文章、練習してないとすぐには書けないと思う。

「私もピコに憧れて、寝る前〝ピコの暗号〟の言葉で喋る練習してたな。だからあのとき、すぐに手紙の意味が分かったの」

お互いの共通点をまたひとつ見つけて、自然と笑い合った。

一緒にいればいるほど、心がつながっていく。

まとう空気が同じになっていく。それはすごく、幸せなことなんだと思う。

「栞、これ」

突然、青志くんにグレーの小箱を手渡された。

「もらってほしい」

真剣な目でそう言われ、深くうなずいて受け取る。

中から出てきたのは、シルバーの猫の飾りがついた指輪だった。

天井の窓から降り注ぐ光の中で、キラキラと淡く輝いている。

「かわいい……。それに、きれい」

「特注で作ってもらったんだ。栞が喜びそうなデザインで」

青志くんはそう言うと、指輪を手に取り、私の右手の薬指にぴったりはめた。

猫の目の部分だけ、金色の宝石が埋め込まれている。【名探偵ピコ】のガブリエルに似てるけど、古本屋さんのガブリエルにも似ていた。

こんなに素敵なプレゼントをもらったのは、生まれて初めてだ。

「青志くん、ありがとう。本当にうれしい」

胸が熱くなり、目に涙を浮かべて微笑んだ。

青志くんはそんな私を満足そうに見つめたあと、鼻先を掻きながら言った。

「改めて言おうって、ずっと思ってたんだ」

ふと、言葉を止めて。

何かを決意したような表情で、青志くんが私を見つめる。

「栞、俺と付き合ってほしい。フリじゃなくて、今度は本気で」

柊矢に連れ去られたあの日、私たちの誤解は解けた。本当は両想いだったのに、お互いややこしい考え方をしていたみたい。

それからは、当たり前のように、またいつも一緒にいるようになった。

なんとなくこのままずっと一緒にいるんだろうなとは思ってたけど、こうしてちゃんと言葉にしてくれてうれしい。

「はい。よろしくお願いします」

ぺこりと頭を下げると、青志くんがまた、鼻先を掻いた。

照れながらも、うれしくて仕方がないというように、口角を上げている。

チェック柄のソファーに並んで座る私たちの間に、甘酸っぱい空気が流れた。

「くしゅん！」

変なタイミングでくしゃみが出る。

「寒い？」

「ちょっとだけ」

すると青志くんが、ソファーの端に丸めてあった猫柄の毛布を広げた。

私にぴったり身を寄せて、ふたり一緒の毛布にくるまる。

まるで抱きしめられているみたいで、ちょっと恥ずかしい。

「あったかいね」

「うん、あったかいな」

ここはきっと、世界で一番、私が安心できる場所。

それはきっと、青志くんも一緒だよね。

だって今青志くんは、学校で見る彼からは考えられないような、安心しきった顔をしてるから。

うぬぼれじゃないって、もう言い切れる。

私たちはお互いのことが大事で、これからもずっと一緒にいたいって思ってる。

青志くんの胸に、こてんと頭を預けた。あったかくて、溺れてしまいそうなくらい幸せだ。

突然、青志くんが毛布をずり上げた。ふたりとも頭からすっぽりと毛布をかぶった状態で、見つめ合う。

「沢田に見られない対策」

目と鼻の先で、青志くんがいたずらっぽく笑った。

「栞」
とろけるような甘い声で名前を呼ばれる。
絶世の美顔が、ゆっくりと近づいてきた。
何をされるか気づいた私は、そっと瞼を下ろす。
ドキドキと、胸の鼓動が加速する。
そして私たちは、ふたりだけの毛布の世界で、生まれて初めてのキスをした。

END

番外編

クールな彼が私の前では猫化する

青志くんと本当に付き合い始めてから知ったことがある。

「あ、栞。彼氏だよ」

学校の廊下を歩いていると、隣にいる恵麻に肘《ひじ》をつつかれた。向かいから、青志くんが近づいてきている。

相変わらずスタイルがよくて美形で、かっこいい男子の集団の中でも、ひときわ目立っていた。

だけど、ひとりだけ冷ややかな空気をまとっている。

まるで、美しい氷の刃みたいな人だ。

廊下にいる女子全員が、青志くんを意識しているのを感じた。

青志くんは私に気づくと、うっすらと微笑みかけてきた。私も、ちょっとだけ笑顔を返す。

たったそれだけのことで、周りから「キャーッ!!」と歓声が上がった。

颯爽《さっそう》と私たちの横を通り過ぎる青志くん。

「いつ見てもクールだね～」

紬が腕を組みながら、感心したように言う。

「テレビ見てバカ笑いとかしなさそう」

「分かる～。寝るときまでクールそうだよね」

恵麻が大きくうなずいた。

「もふもふ動物の癒し動画とかも見ないんだろうな」

「ね、クールな動画見てそうだよね！」

クールな動画ってなに？

好き勝手話しているふたりに、心の中でこっそりツッコミを入れていると、恵麻がわくわくしたように声をかけてきた。

「ねえねえ、院瀬くんって、ふたりでいるときもずっとあんな感じなの？」

「ああ、ええと……うん」

私はあいまいな返事をして視線を泳がせる。

「そっかあ、やっぱりクールなんだぁ」

「当り前じゃない、恵麻。なにせあの院瀬青志だよ？　〝ミゲリオの帝王〟だよ？　二十四時間三六五日、完全完璧にクールに決まってるじゃない」

「やっぱそうだよね。彼女の栞ちゃんが認めるんだから、間違いないね」

ふたりの会話を聞きながら、罪悪感で笑顔が引きつった。

青志くんがふたりのときどうなるかなんて、恥ずかしくて誰にも言えない。


放課後。私は今日も、本屋さんの屋根裏部屋のソファーにいた。

昼間クールだと言われていた青志くんは、私を膝の上に乗せて背中から抱きしめ、しきりに頬ずりしている。

「栞、こっち見て」

振り返ると、ちゅっと唇にキスされた。何度も何度もキスされたあと、クールからはほど遠い、とろけるような甘い笑顔を向けられる。

「あー、今日もかわいいな」

青志くんはふたりきりのとき、口ぐせのようにかわいいと言ってくる。

「それにきれいだ」

「青志くんの方がきれいだと思う」

顔を赤くしながら言うと「照れてる顔もかわいい」と今度は頬にキスされる。

「廊下ですれ違ったとき、抱きしめたいのを必死にこらえてたの、分かった？」

「ぜんぜん分からなかった……」

「栞がかわいすぎるのが悪い」

そしてまた、繰り返し頬ずりされる。

青志くんは本当の彼氏になったとたん、こうなった。外では人を寄せ付けない黒豹みたいなのに、家では喉を鳴らして甘える猫そのものだ。

こんなこと、とてもじゃないけど人には言えない。

ちなみに青志くんは、仔猫の動画を見るのが大好きだ。

そして寝顔は、クールというよりあどけない。

付き合うにつれて、私だけが知っている青志くんがどんどん増えていく。

青志くんと一緒に過ごす毎日は、新鮮で幸せだった。

「青志くん。私、そろそろ本が読みたいんだけど……」

青志くんがずっとベタベタしてくるから、なかなか読書が進まない。

「もうちょっとだけ。ていうか俺といるときは本じゃなくて俺に集中して」

甘えるような声で言われて、胸がずきゅんとなる。

イケボでそんなこと言うの反則だ……！

ギシッと、誰かが屋根裏の階段をのぼる音がした。ティーカップの載ったトレイを手にした沢田さんが、ぬっと姿を現す。

「ひゃ……っ！」

私は、慌てて青志くんの膝から下りた。

「沢田、急に入るな」

青志くんが、不機嫌そうに言う。

「そろそろ栞様がお困りになる頃かと思いまして」

さすが沢田さん、有能すぎ！

でも、青志くんの膝に乗ってる姿を見られたのは、とんでもなく恥ずかしい……。

「どうぞ、アップルティーでございます」

青志くんの不機嫌さも、私の動揺も物ともせず、沢田さんがテーブルにティーカップを置いた。カラフルなマカロンのおやつ付きだ。

黙々と給仕している沢田さんの横顔を見つめるうちに、私はあることを思い出す。

「そういえば、沢田さんって彼女いるんですか？」

「いません」

ぶしつけな質問にも、想像どおり淡々と答える沢田さん。

「そっか、よかったぁ」

「よかった？」

隣から、青志くんの怪訝《けげん》そうな声がする。

「あ、うん。こっちの話」

実はこの間、青志くんが私を家まで車で送ってくれたとき、出迎えた紅さんが沢田さんにひと目惚れしたらしい。

『どんな情報でもいいから聞いてきて！　家族構成からペットの名前、使ってる歯磨き粉のメーカーまで！』

そしてそんな指令を受けて、この度実行したというわけだ。

私生活がまったく見えない沢田さんは手強そうだけど、私は全力で紅さんに協力すると決めていた。

「沢田さんは、兄弟っているんですか？」

「弟と妹がいます」

「飼ってるペットは？」

「チンチラとウサギとハムスターを飼っています」

「そんなに……？　得意なことは？」

「青志様のスケジュール管理でございます」

「使ってる歯磨き粉は？」

「〝爽やかクリーン〟の〝リフレッシュシトラス香味フッ素加工タイプ〟でございます」

仕入れた情報を頭の中にしっかり入れていく。

紅さん、これで満足してくれるかな？

沢田さんが屋根裏部屋からいなくなったあと、喜ぶ紅さんの顔を想像して、私はひとりでにんまりしていた。

ふと、異変に気づく。

青志くんが、ズシンという重い音が今にも聞こえてきそうな雰囲気で、ソファーの隅にいる。

「青志くん、どうかした？」

「……いや」

黙々とティーカップに口をつけている青志くんは、沢田さんがいなくなったというのに、私に近づく気配がない。

いつの間にか猫化が終わったみたい。

急に、どうしちゃったんだろ？

でもまあ、いっか。これでゆっくり本が読める。

私は前向きに考えて、ここぞとばかりに読書の時間を楽しんだのだった。


その日を境に、なぜか、青志くんとの間に距離を感じるようになった。

放課後、屋根裏部屋で一緒に過ごすのは相変わらずなんだけど、前みたいに青志くんが猫化しない。キスもしてこないし、『かわいい』の連呼もない。

おかげでたくさん本を読めるけど、これはこれで寂しいな……。

青志くんの様子がおかしくなって三日目。

私は青志くんを問いただすことにした。

私たちは両想いだったのに、お互いがお互いの気持ちを勝手に憶測して、関係がこじれたことがあった。言葉でちゃんと伝えないといけないって、そのときに学んだんだ。

「青志くん、なんか怒ってる？」

いつもの屋根裏部屋のいつものソファー。人ひとり分のスペースを開けて隣に座っている青志くんが、ギクッとしたように本から顔を上げる。

だけど、またすぐに下を向いた。

「怒ってはないけど」

「怒ってはないけど何かあるの？」

青志くんが、不安げにチラリと私を見る。

しばらく視線を泳がせてから、思い切ったように聞かれた。

「栞は、沢田が好きなのか？」

「へ……？」

まったくもって予想外の言葉に、きょとんとする。

「どうしてそう思ったの？」

「この間、沢田にいろいろ聞いてただろ？　飼ってるペットとか、歯磨き粉とか。俺にはそんな質問しないのに」

少しだけ口を尖らせている青志くん。

「あー……なるほど」

クールなんて言葉からはほど遠い、拗《す》ねた猫みたいになってる青志くんの横顔を見つつ、私はやっと納得した。

つまり青志くんは、ヤキモチを妬いていたらしい。かわいすぎて、胸がきゅんきゅんしてしまう。

たまらなくなって、ガバッと青志くんに抱き着いた。

「し、栞……？　どうした急に」

青志くんがうろたえている。私から青志くんに抱き着いたのは、初めてだからかもしれない。

だけど青志くんは、うろたえながらも優しく抱き返してくれた。まるで、条件反射みたいに。

「青志くん、かわいい」

「かわいい……？」

「沢田さんにいろいろ聞いたのは、紅さんに頼まれたからなの。紅さん、沢田さんのことが気になってるんだって」

「え？」

青志くんの顔が固まっている。

やがて、ホッとしたように言った。

「なんだ、そうだったのか。それなら、沢田に悪いことしたな」

思ってた。それなら、沢田に悪いことしたな」

「悪いことしたって？」

「わざと残業増やした」

「……！」

青志くんは意外と嫉妬深いうえに、意地悪らしい。

「引いた顔するなよ」

「誰だって引くよ」

「心配するな。沢田にはお詫びに特別ボーナスを支給するから。動物園の年パスだ。あいつ、意外と動物好きなんだ」

「沢田さんが動物好き？　たしかにペットのラインナップが意外だったけど……」

青志くんが戸惑ってる私を抱え、自分と向かい合うようにして膝の上に乗せてきた。誤解が解けたとはいえ、この体勢に戻るの早すぎないですか……⁉

「栞不足だった。しっかり補給させて」

甘えるように、頬ずりしてくる青志くん。いつも後ろからだったので、前からこれをされるのはなんだか恥ずかしい。

だけどすぐに、スリスリがキスに変わっていく。

顔中にキスの雨が降ってきて、翻弄《ほんろう》されて、だんだん恥ずかしさすら忘れていく。

「栞……かわいい」

唇にも、いつもよりたっぷり時間をかけてキスされた。

尻尾が揺れているのが見えそうなくらい、今日の青志くんはこれまでで一番猫っぽい。

琥珀色の目をした、私だけのきれいな黒猫。

ふたりきりのときはぜんぜんクールじゃないって、紬と恵麻には黙っておこう。

だって猫みたいな青志くんを、これからもずっと独り占めしたいから。

そんなことを思いながら、私は青志くんの優しいキスを、いつまでも受け入れた。

ずっとずっと好きだった

いつからだろう。

本の香りに包まれた古本屋で、真剣に本を読んでいる君のことが、こんなにも気になるようになったのは。


高一の秋。

放課後、俺はいつものように女子たちの視線から逃げるため、学校を飛び出した。向かったのは例の古本屋だ。今どき珍しい手動の引き戸をガラガラと開ける。

店主のじいさんは、相変わらずカウンターの向こうで暇そうにしていた。膝の上には、今日も黒猫のガブリエルがいる。

「ニャア」

ガブリエルの鳴き声が、この店流の『いらっしゃいませ』だ。

俺はカウンターの前を通り過ぎると、店の奥へと進んでいく。そして本の香りに包まれた空間で、ようやくホッとひと息ついた。

――ガラッ。

「ニャア」

しばらくすると戸が開いて、彼女が現れた。

ベージュのブレザーに、紺のリボン、紺チェックのスカート。見慣れた制服を着た彼女は、俺から数歩離れた位置に立つと、さっそく本を読み始めた。

俺たちが本のページをめくる音が、パラパラと交互に響く。

この時間がたまらなく好きだ。

いつの間にか、ひとりで本を読むより、彼女と並んで本を読む時間の方が好きになっていた。

後ろでひとつに結んだ黒髪に、真面目そうな眼鏡。今日も彼女は、ほかの女とは違って自然体だった。

知る人ぞ知る、とびきりの名著みたいな女の子。

——こっちを見てほしい。

これまでの人生で、女に対して抱いたことのない感情が湧き上がる。だけど彼女が目を向けるのは本ばかりで、俺の方は見向きもしない。

寂しさで、胸がズキンとした。

彼女が本を閉じ、もとに戻す。今度は手を伸ばし、本棚の一番上にある本を手に取ろうとしたが、高すぎて届かないようだ。

俺はそっと彼女に近づくと、本を取り、何も言わずに手渡した。

「ありがとうございます」

驚いたように、彼女が言う。だけどその視線は、俺ではなく、やっぱり本に向けられていて。

それから彼女は、すぐに俺が取った本を開いて読み始めた。読み進めるにつれて目が輝き、頬が紅潮《こうちょう》していく。

こんなに近くにいるのにまったく俺を見てくれないのは寂しいけど、まあいいか。

こうやって楽しそうに本を読む、君の横顔が見れたのだから。

彼女が古本屋を出てしばらくして、俺も帰ることにした。

夕暮れの道を歩きながら考えるのは、やっぱり彼女のことばかり。

付き合ってるやつがいるという沢田の報告を思い出し、また心臓が押しつぶされたみたいになった。

恋愛っていうのは、これほどまで、人の心に影響するんだな。

本で読むのと、実際に体験するのとではぜんぜん違う。彼女が違う男のものだということを思い出すたびに、病気かと心配になるくらい、胸が苦しくなる。

付き合ってるやつとは違って、存在さえ知られていない俺ができるのは、本を読む彼女の横顔を盗み見ることくらいなのに。

「ナ〜♪」

古本屋から出てきたガブリエルが、俺の足もとにすり寄ってきた。俺はしゃがむと、ガブリエルの首のあたりを撫でてやる。

「励ましてくれてるのか？」

「ニャ〜」

「じゃあお前、協力しろよ」

ガブリエルが、ゴロゴロと喉を鳴らした。
俺の話はなんか、まったく聞いてなさそうだ。
かわいいから、まあ許してやる。
そろそろ行くか、と立ち上がった。
近くまで沢田が迎えに来ているはずだ。

この先も俺は、日の当たらない場所で、君を見守っていこう。
君に俺の存在を知ってもらえる日を、こうやって待ち続けながら。

END

あとがき

今回は、学園を舞台にしたシンデレラストーリーを書きました。

ストレス少なめのスカッとできるお話を目指したのですが、楽しんでいただけたならうれしいです。


皆さんは、自分に自信がありますか？

ないと答える人の方が多いのではないでしょうか。

栞もそんな女の子のひとりで、自分の存在価値を求めるように、冷たくされてもなお彼氏の柊矢に尽くしてしまいます。そして傷つきボロボロになったとき、颯爽と現れた青志が栞の世界を変えてくれます。

自分を大切にしてくれる人のそばにいると、人は輝けます。そのためには「ん？」

と感じた人からは思い切って距離を置くことが大事なんだと思います。

ちなみに〝ピコの暗号〟は、子供の頃に好きだった『カッレくんの冒険』という本に出てきたシーンをオマージュしました。『名探偵カッレくん』シリーズは本当におもしろくて、繰り返し読みました。

『秘密の花園』とか『ナルニア王国物語』シリーズなんかも子供の頃に何往復もして、今でもたまに読み返しています。本作では主役ふたりが児童文学好きという設定にしましたが、児童文学には、何歳になってもわくわくさせてくれる特別な魅力があるように思います。


かわいいイラストを描いてくださった川名すず先生、それからいつもお世話になっている出版関係者さま方に、深くお礼を申し上げます。

そして本作を読んでくださった読者さま、本当にありがとうございました。

また皆さまに作品を読んでいただけるよう、日々何かしら書いていきますので、どうぞよろしくお願いいたします。

二〇二四年六月二十五日　朧月あき

著・朧月あき（おぼろづき　あき）

ユニモン名義でも活躍中。第7回魔法のiらんど大賞（大賞）受賞作『リキ―もう一度、君の声を聴かせて―』(KADOKAWA／アスキー・メディアワークス）で作家デビュー。既刊に『君がひとりで泣いた夜を、僕は全部抱きしめる。』（スターツ出版）などがある。

絵・川名すず（かわな　すず）

東京都出身のイラストレーター。ゴーヤチャンプルが好き。

朧月あき先生へのファンレター宛先

〒104-0031
東京都中央区京橋1-3-1　八重洲口大栄ビル7F
スターツ出版(株）書籍編集部気付
朧月あき先生

婚約破棄されたらクールな御曹司の予想外な溺愛がはじまりました

2024年6月25日　初版第1刷発行

著者　朧月あき　©Aki Oboroduki 2024

発行人　菊地修一

イラスト　川名すず

デザイン　カバー　AFTERGLOW
フォーマット　粟村佳苗（ナルティス）

DTP　株式会社 光邦

発行所　スターツ出版株式会社
〒104-0031
東京都中央区京橋1-3-1 八重洲口大栄ビル7F
TEL 03-6202-0386（出版マーケティンググループ）
TEL 050-5538-5679（書店様向けご注文専用ダイヤル）
https://starts-pub.jp/

印刷所　株式会社 光邦

Printed in Japan
ISBN 978-4-8137-1598-6 C0193

もっと、刺激的な恋を。

野いちご文庫人気の既刊！

『極悪非道な絶対君主の甘い溺愛に抗えない』

柊乃《しゅうの》なや・著

「運命の相手」を探すためにつくられた学園で、羽瑠は冷徹な御曹司・俐月と出会う。高性能なマッチングシステムでパートナーになったふたりは、同じ寮で暮らすことに。女子を寄せつけない俐月が自分を求めるのは本能のせいだと思っていたけれど、彼からの溺愛は加速していくばかりで…!?

ISBN978-4-8137-1586-3　定価：704円（本体640円＋税10%）

『高嶺の御曹司の溺愛が沼すぎる』

丸井《まるい》とまと・著

亜未が通う学校には超絶クールな御曹司・葉がいる。誰もが憧れる彼と恋愛で傷心中の自分は無縁のはず。でも葉に呼び出された亜未は、葉の秘密を守る恋人役に使命されて!?　利害が一致しただけのはずが、葉は亜未だけに甘く迫ってくる。「他の誰かに奪われたくない」極上の男の溺愛沼は超危険！

ISBN978-4-8137-1585-6　定価：671円（本体610円＋税10%）

『絶対強者の黒御曹司は危険な溺愛をやめられない』

高見未菜《たかみみな》・著

高校生の冬亜《とあ》は、不遇な環境を必死に生きていた。ある日、借金返済のため母親に闇商会へと売られてしまう。絶望の中、“良い商品になるよう仕込んでやる”と組織の幹部補佐・相楽《さがら》に引き取られた冬亜。「お前…本当に可愛いね」――冷徹だと思っていた彼に、なぜか甘く囁かれて…？

ISBN978-4-8137-1573-3　定価：693円（本体630円＋税10%）

『最強冷血の総長様は拾った彼女を溺愛しすぎる』

梶《かじ》ゆいな・著

両親を失い、生活のためにバイトに明け暮れる瑠佳は、最強の冷血総長・怜央から仕事の誘いを受ける。それは怜央の敵を引きつけるために、彼の恋人のふりをするというもので!?「条件は、俺にもっと甘えること」女子に無関心な怜央との関係は契約のはずが、彼は瑠佳にだけ極甘に迫ってきて…？

ISBN978-4-8137-1572-6　定価：715円（本体650円＋税10%）

書店店頭にご希望の本がない場合は、書店にてご注文いただけます。

もっと、刺激的な恋を。

野いちご文庫人気の既刊！

『無口な担当医は、彼女だけを離さない。』

透乃《とうの》 羽衣《うい》・著

過去のトラウマにより病院へ通えずにいる栞麗は、ある日、体調を崩し倒れてしまう。そこを助けてくれたのは偶然居合わせた医者・世那だった。半ば強引に栞麗の担当医になった世那は事情を察し、「俺の家に来いよ」と提案。クールな世那との同居は治療のためのはずが、彼は栞麗にだけ極甘で!?

ISBN978-4-8137-1559-7　定価：715円（本体650円＋税10%）

『どうせ俺からは逃げられないでしょ？』

菜島《なじま》千里《ちさと》・著

恋愛にトラウマを抱えている菜々美は無理やり誘われた合コンで、不愛想だけど強烈な瞳が印象的な暁人に出会う。ずっと彼を忘れられなかったけど、もう会うこともないと諦めていた。そんな中、母親が再婚し、“義兄”として現れたのはなんと“暁人”で…。義兄との禁断の甘い同居に注意！

ISBN978-4-8137-1558-0　定価：715円（本体650円＋税10%）

『気高き暴君は孤独な少女を愛し尽くす【沼すぎる危険な男子シリーズ】』

柊乃《しゅうの》なや・著

父親の再婚で家での居場所を失った叶愛が夜の街を彷徨っていると、裏社会の権力者である歴に拾われた。そして叶愛を気に入った歴は彼女を守るためと結婚を持ち掛けてくる。半信半疑の叶愛だったが、待っていたのは歴からの甘い溺愛だった。しかし、歴の因縁の相手に叶愛が拉致されて…!?

ISBN978-4-8137-1547-4　定価：715円（本体650円＋税10%）

『添い寝だけのはずでしたが』

acomaru《アコマル》・著

住み込みのバイトを始めた高２の寧々。その家には、寧々と同い年で学園を支配する御曹司・葵がいた。バイトとは、彼の不眠症を治すために同じベッドで寝ることで…!?　無愛想で女子に興味がない葵だけど、自分のために奮闘する寧々に独占欲が溢れ出す。二人の距離は夜を重ねるごとに縮まり…？

ISBN978-4-8137-1546-7　定価：682円（本体620円＋税10%）

書店店頭にご希望の本がない場合は、書店にてご注文いただけます。